D1426095

LE CYLINDRE
D'ÉPOUVANTE

ROBERT CLAUZEL

LE CYLINDRE D'ÉPOUVANTE

COLLECTION « ANTICIPATION »

ÉDITIONS FLEUVE NOIR
69, Bd Saint-Marcel - PARIS XIIIᵉ

© 1977, « Éditions Fleuve Noir », Paris.

ISBN 2-265-00245-3

Au docteur Jacques CABROL
A l'Ami...

Biologiquement parlant, l'Humanité ne s'achèvera, elle ne trouvera son équilibre interne (pas avant quelques millions d'années peut-être) que lorsque, sur elle-même, elle se trouvera psychiquement centrée.

L'Humanité — c'est-à-dire l'Évolution réfléchie — ne s'achèvera que lorsque l'Humanité sera devenue, organiquement, une...

Teilhard de Chardin.

Tu te tairas, ô voix sinistre des vivants !
Blasphèmes furieux qui roulez par les vents,
Cris d'épouvante, cris de haine, cris de rage,
Effroyables clameurs de l'éternel naufrage,
Tourments, crimes, remords, sanglots désespérés,
Esprit et chair de l'homme, un jour vous vous tairez !
Tout se taira, dieux, rois, forçats et foules viles,
Le rauque grondement des bagnes et des villes,
Les bêtes des forêts, des monts et de la mer,
Ce qui vole et bondit et rampe en cet enfer,
Tout ce qui tremble et fuit, tout ce qui tue et mange,
Depuis le ver de terre écrasé dans la fange
Jusqu'à la foudre errant dans l'épaisseur des nuits !
D'un seul coup la nature interrompra ses bruits.

Solvet Seclum
(*Poèmes barbares*, Lecomte de Lisle.)

CHAPITRE PREMIER

Mandine se releva péniblement et regarda autour d'elle avec stupeur. Mandine était d'une éclatante beauté avec ses yeux de lilas clair et sa chevelure mauve qui croulait sur ses épaules frêles... Sa robe était déchirée. Sa lèvre pulpeuse et tendre tremblait légèrement. Son visage presque juvénile, ses traits adorables étaient empreints de la plus profonde incompréhension. Elle était très pâle... Où se trouvait-elle exactement ? Que s'était-il passé ? Quelle était cette nuit bleue et ces formes floues ?... Cet immense firmament céruléen avec ses myriades d'étoiles dont elle ne reconnaissait pas la configuration ?...

Elle fit quelques pas sur cet étrange sol extrêmement mou et caoutchouteux dans lequel elle s'enfonçait et assez malaisé pour la marche. Pourtant elle arriva à sortir de la cuvette dans laquelle elle se trouvait et parvint jusqu'à un niveau assez plat, non accidenté. Il faisait nuit mais il régnait en cet endroit une luminosité bleutée extrêmement agréable. Cependant elle n'arrivait pas à *comprendre* les formes floues et bleu marine perdues à quelque distance

dans un brouillard azuré. Oui, c'était une nuit
transparente... Une nuit irréelle... Mais elle, Mandine, ne savait pas où elle se trouvait... *En quel lieu
précis...* Elle ne comprenait pas... Elle savait qu'elle
était Mandine... mais c'était tout... Il lui semblait se
souvenir d'un grand choc suivi d'un éblouissement...

Il s'était passé quelque chose de grave à n'en pas
douter. Mais quoi ? Elle n'arrivait pas à coordonner
ses souvenirs ni à les faire surgir à nouveau. Elle
regarda sa robe métallique et souple, déchirée à
plusieurs endroits, qui laissait voir ses jambes potelées et ses cuisses. Elle était chaussée de bottes
« mousquetaire » jusqu'à mi-mollets. Métalliques
également et aussi souples que le reste de son
vêtement. Elle s'aperçut qu'elle portait un ceinturon
muni d'étranges boîtes. Elle ne savait pas ce que
c'était.

Mandine continua sa marche en cherchant à se
rappeler. Elle arrangea une mèche rebelle sur son
front tandis qu'un vent frais se levait et faisait bruire
diverses choses au loin, apportant des senteurs merveilleuses. Les yeux clairs de la jeune Mandine
luisaient dans la pénombre bleue.

Elle regarda encore le ciel constellé de pierreries.
Non, décidément, elle ne connaissait pas ce ciel... Où
donc était-elle ? Elle commença à être sérieusement
inquiète, puis une peur délicieuse s'installa en elle
qui accéléra son cœur, la fit frissonner... Dans quel
lieu, dans quel monde se trouvait-elle ?... Elle avait
oublié l'essentiel mais savait pourtant que ce firmament lui était étranger.

Au bout de quelques instants, elle parvint jusqu'à une des formations sombres qui l'avaient intriguée.

C'était insolite et bizarre et cela ne semblait correspondre à rien de précis... Une masse de métal tordu dans tous les sens, sans forme... Comme une sculpture futuriste. C'était froid au toucher... C'était fort curieux. Elle en fit le tour. Cette masse était déchiquetée par endroits... Impossible de savoir ce que c'était.

En tout cas, cela ne réveillait aucun souvenir en elle. Comme si c'était la première fois qu'elle se trouvait en présence d'un tel objet.

Elle en rencontra d'autres, tapis dans l'ombre comme des spectres de métal, semblant n'avoir aucun sens, aucune signification... Aussi déchiquetés les uns que les autres mais avec une extrême variété de formes. Certains étaient très hauts, élancés, d'autres, ramassés sur eux-mêmes et crochus, ou ventrus... Étrange végétation de métal en vérité...

La plaine s'étendait vaporeuse et bleue. Au loin, une brume lumineuse serpentait à ras de sol. Mandine y porta ses pas et fut bientôt auprès de ce phénomène. C'était une source, un ruisseau luminescent qui coulait en murmurant dans un lit assez large et dont les méandres se perdaient dans le lointain.

Cette phosphorescence claire et liquide qui courait à ses pieds était agréable et reposante. La jeune femme se baissa et prit de l'eau entre ses mains ou tout au moins ce liquide qui ressemblait à de l'eau. Ses mains en furent toutes lumineuses. Cela éclaira son joli visage. Elle rejeta l'eau au sol où elle fit des éclaboussures brillantes.

Elle se redressa, perplexe... Les mêmes questions se pressaient dans son esprit. Où était-elle ? Que faisait-elle dans ce lieu inconnu ? Qu'était-il arrivé ?...

Elle se mit à suivre le cours d'eau lumineux dans la nuit bleue. Il lui semblait que des réponses étaient sur le point d'intervenir en elle, que quelque chose voulait se présenter à son esprit, qu'elle allait retrouver la mémoire...

Mandine, la fille aux yeux lilas... Antoria... Antoria... Oui, cela lui revenait peu à peu... Antoria...

Elle marchait sur les rives du ruisseau dont le murmure était frais et agréable. Sa chevelure mauve croulait dans son dos et elle était pleine d'un charme étrange. Que signifiait le mot Antoria ? Elle ne savait pas pour l'instant. Un autre substantif lui vint : Maudina ATR, et une vague de tendresse la submergea. Mais c'était tout... Cela n'allait pas plus loin. Là-bas, une sorte de lueur rouge apparaissait maintenant, tranchant avec le bleu de la nuit.

Quelle était cette nouvelle manifestation ? Un espace vaporeux et rutilant vers où se dirigeait le ruisseau ? Elle continua.

Bientôt, elle ne fut plus qu'à quelques mètres de ce qui lui apparut comme un cratère. Effectivement, le ruisseau phosphorescent y plongeait et se perdait dans une atmosphère sanglante. Un cratère violemment éclairé de rouge rubis. Cette lueur était aveuglante, aussi ne distinguait-on rien de ce qu'il y avait en dessous. C'était une brèche à même le sol. Plus ou moins arrondie, avec des bords très épais. Un bruit en provenait, comme un halètement... Mais c'était tout. Encore fallait-il tendre l'oreille.

Une odeur « électrique » s'en exhalait, alliacée, un peu comme celle de l'ozone.

Que faire ? Il ne fallait pas compter rester là. Ça ne servait à rien. Elle s'éloigna de plus en plus anxieuse.

Antoria... Maudina ATR... Un troisième nom vint s'ajouter aux deux autres : Gremchka. Qu'étaient Maudina ATR, Antoria et Gremchka ?... Il est évident que la mémoire lui revenait de façon progressive et qu'elle n'allait pas tarder à savoir.

Accident... Un accident... Oui, elle, ou ils, avait eu un accident. Accident de parcours. Mais qui ? Qui ?...

Tout était toujours fragmentaire.

Elle prit au hasard sur sa droite, laissant derrière elle le cratère rouge et marcha longtemps. Au bout d'un certain temps, elle se retrouva dans une forêt faite de ces grandes masses métalliques inconnues. Elle était très lasse. La faim, la soif, la fatigue commençaient à se faire sentir. Le sol était toujours mou et dépressible.

Sous une énorme formation de métal noir, il y avait comme une dépression en forme de conque. N'en pouvant plus, elle s'allongea dans une pose gracieuse, ses jambes dénudées, ses seins émergeant de la robe déchirée. Un étrange et délicieux parfum régnait à ras de sol et elle laissa le sommeil l'envahir peu à peu, abandonnée, morte de fatigue...

Mais avant de sombrer dans un repos réparateur, un nom encore surgit de l'inconnu : *Eridan... Claude Eridan...*

CHAPITRE II

Mandine s'éveilla en sursaut. Il faisait tout à fait jour. Les yeux à peine ouverts, elle fut obligée de les refermer pendant un moment tant le jour était éblouissant. Puis elle s'habitua petit à petit. Elle fut rapidement debout, sur ses jambes, et à nouveau regarda sa robe déchirée, son ceinturon, les boîtes fixées dessus. Elle ne comprenait toujours pas.

Elle fit quelques pas. Le morceau de métal déchiqueté sous lequel elle avait dormi laissait voir tous ses détails maintenant. Cela pouvait ressembler à une sorte de cactus en fer avec des branches dans tous les sens, s'élançant ou se retournant sur elles-mêmes. Avec une base compacte qui avait l'air solidement enracinée.

Le sol était grège, irrégulier, mais comme un tapis de mousse. Ce sol lui était inconnu. Des cactus métalliques, il y en avait des centaines, de toutes les tailles et dont les formes défiaient toute description. Ils étaient noirâtres et s'étendaient à perte de vue. Le ciel était d'un bleu lavande très clair et un soleil étincelait haut dans le firmament. Il faisait chaud et de nouvelles et agréables senteurs avaient remplacé celles de la nuit.

Elle caressa son visage et remit de l'ordre dans ses cheveux. Elle avait faim et soif. Elle pensa à l'empire d'Antoria et au Palais de Lumière. Mais elle ne coordonnait pas tout cela dans son esprit. C'étaient des mots, des phrases qui affluaient comme par exemple « princesse des étoiles » (1), mais elle n'établissait pas de rapport entre tous ces éléments. Ni de rapport entre ces éléments et elle. De toute façon, elle ne savait toujours pas ce qu'elle faisait là ni où elle était, mais il lui semblait que le retour de sa mémoire était imminent.

Accident de parcours ? Oui... il y avait eu un accident de parcours. Mais quel désordre dans son esprit !

Princesse des Étoiles ? Pourquoi pensait-elle à cela maintenant ? Était-ce d'elle qu'il s'agissait ? De toute façon, pour l'instant, il fallait résoudre les problèmes primordiaux de survie. Et cela s'annonçait rien moins que difficile.

C'est alors que, au moment où elle commençait à désespérer, elle entendit comme une sorte de grognement. Effrayée elle se tint sur ses gardes, regardant dans la direction d'où provenait ce bruit.

Là, les cactus métalliques étaient plus denses et il y avait des fourrés rougeâtres à leurs pieds, qui semblaient particulièrement fournis en épines métallisées.

Cela remua un peu de ce côté. Puis le grognement retentit à nouveau. Plus près. Et en même temps, elle percevait une sorte de respiration rapide. Un être

(1) Voir *Princesse des Étoiles*.

était là dans ces fourrés, qui l'observait. Que faire ?
Fuir… C'est ce qu'elle eut envie de faire tout
d'abord. Mais fuir où ? Dans ce paysage d'une
désolante monotonie, elle serait vite repérée. Mieux
valait peut-être voir à qui elle avait affaire.

Elle se dissimula derrière la plante de métal aux
bras crochus et se mit en observation.

Au bout de quelques instants, les fourrés rouges
remuèrent à nouveau. Encore une fois cet étrange
grognement retentit et la respiration fut plus perceptible. L'ergrimk sortit alors de sa cachette.

C'était évidemment la première fois que la jeune
Mandine voyait un ergrimk. Elle sut immédiatement
qu'il s'agissait d'un ergrimk, il n'y a pas de mystère à
cela. Mais c'était un être fort curieux et il se passait
en elle des choses étonnantes. La plante de métal
était un kloborh. Les kloborhs étaient des êtres
organico-métalliques qui poussaient dans cette partie
du globe où elle se trouvait. Elle ne trouvait pas
étonnant de savoir ces détails, en attribuant la cause
de l'ergrimk.

Celui-ci était parvenu au milieu d'une sorte de
clairière délimitée par un groupe de kloborhs géants
dont certains étaient plus grands, plus importants que
d'autres, et la regardait.

Ou tout au moins, les globes brunâtres au sommet
d'une extrémité céphalique bosselée étaient immobi-
lisées dans *sa* direction. Elle sut aussi que l'ergrimk
ne lui voulait aucun mal et qu'il exerçait même un
effet bienfaisant sur son esprit.

Elle sortit de derrière sa cachette et apparut en
pleine lumière. L'ergrimk ne broncha pas. Pas le

moins du monde. Les globes brunâtres et lisses —
absolument lisses — suivaient ses mouvements. De
plus elle se *sentait* physiquement regardée, détaillée.
Elle sut également qu'elle était, elle Mandine, sur
Dena. A des millions de parsecs de l'Empire d'Antoria. Aux confins de l'Univers. Que Dena était une
planète tempérée du système solaire Rekha, des
Galaxies Intemporelles. Et tout lui revint à la fois.
Son aventure fabuleuse de jeune maudinienne sauvage et ignorante sur une merveilleuse planète d'un
Amas Globulaire, sauvée par Claude Eridan le
Gremchkien et ramenée sur Antoria où elle devait
régner en tant que princesse du sang. Merveilleuse et
fantastique aventure s'il en fut et incroyable destinée...

Elle se rappela l'expédition de reconnaissance
organisée par Kram, son chevalier servant antorien.
Le voyage intersidéral sans histoire, l'arrivée en vue
des Galaxies Intemporelles, le système solaire Rekha
et la planète Dena, rouge cerise et sombre dans le
ciel noir.

Elle se souvint avec tous les détails de l'apparition
d'une étrange entité escortant le vaisseau spatial, *une
sphère de cristal.* Puis un éclair fulgurant, et plus rien.

Oui, ce devait être un terrible accident. Elle
supposait avoir été éjectée par le module spécial,
puis elle ne savait plus. Ce module avait dû être
détruit et peut-être était-elle descendue dans l'atmosphère de Dena grâce aux parallélépipèdes anti-G
qu'elle portait à sa ceinture ? Sûrement même. Choc
et perte passagère de mémoire allaient de pair.

Qu'était-il arrivé à Kram ? Où étaient les autres ? Où
était le vaisseau spatial d'Antoria ?...

Qui allait venir la chercher sur ce monde inconnu
et peut-être hostile ? Gremchka était tellement
loin..., tellement loin de l'Empire des Galaxies
d'Antoria. Et les Galaxies Intemporelles tellement
loin d'Antoria. Elle pensa au Palais de Lumière
orbital et à toutes les merveilles sur lesquelles elle
régnait. Elle pensa à Eridan. Une tristesse poignante
serra son cœur.

L'ergrimk la fixait toujours. L'ergrimk savait tout
cela et il savait qu'elle se rappelait. Elle savait
également qu'il n'y était pas étranger.

Non, il n'était pas animé d'intentions hostiles, ni
d'aucune animosité à son égard. Au contraire. Elle
ressentait même une sorte de compassion qui en
émanait, ou en tout cas quelque chose d'humain...
D'ailleurs ses globes oculaires avaient un « regard »
— mais pouvait-on appeler cela un regard ? — quasi
humain.

Elle éprouva également qu'il fallait se méfier des
kloborhs. Mais ce n'était pas tellement précis. Quelque chose comme « de façon parcellaire » ou « parfois »..., ou plutôt « à certains moments ». Elle
frémit en pensant qu'elle avait passé la nuit au pied
du kloborh. Puis elle sut que l'ergrimk pensait à
subvenir à ses besoins matériels. Elle lui en sut gré.

Il disparut soudain, se jetant dans les fourrés après
lui avoir fait comprendre qu'il était préférable qu'elle
demeure sur place à attendre son retour et surtout de
ne pas s'approcher trop près des kloborhs.

Elle attendit, ne sachant que faire, toujours torturée, tenaillée par la faim et la soif.

Elle était en pleine possession de ses facultés et de ses moyens, sa mémoire complètement revenue lorsque l'ergrimk revint. Entre ses mandibules, il tenait des krahrs roses et blancs et ses antennes frétillaient. Les krahrs étaient des sortes d'énormes grappes bicolores dont la tige était retenue par les multiples mandibules de l'ergrimk. Il laissa tomber les fruits sauvages de Dena sur le sol et ses globes brunâtres à fleur d'écailles (ou de chitine, elle ne savait plus au juste) se tournèrent vers la jeune femme. Avec une certaine fierté perçut-elle. Celle-ci éprouva d'abord un mouvement de répulsion. Mais l'ergrimk — Kolok était son nom — ne tenait la grappe que par la tige ; il n'y avait pas touché.

Elle se domina et s'aventura, fit quelques pas, ramassa la grappe de krahr. C'étaient des sphères translucides roses et blanches qui avaient l'air fort appétissantes. Elle y goûta. Aussitôt une saveur et un arôme délicieux enchantèrent son palais. C'était à la fois rassasiant et rafraîchissant. Elle n'avait rien goûté d'aussi raffiné.

Kolok, l'ergrimk, l'observait avec satisfaction. Il s'assit sur ses quatre ambulacres postérieurs et son abdomen annelé or et noir se replia.

En quelques instants, elle n'eut plus faim ni soif. Elle jeta le squelette de la grappe au loin et essuya ses lèvres. Elle regarda Kolok assis à ses pieds toutes antennes frémissantes et quelque chose comme des élytres sur son corps informe semblaient vouloir s'écarter.

La jeune Mandine passa une main sur son front juvénile. Elle sut que Kolok lirait en elle les marques de la faim et de la soif, et que, chaque fois, il irait jusqu'à la forêt de Delta cueillir des krahrs et qu'il les amènerait à la jeune femme.

A nouveau Mandine pensa avec un serrement de cœur à Claude Eridan à des milliards et des milliards de parsecs de ce monde. Elle en éprouva une grande tristesse tandis que Kolok respectait cette émotion qu'il ne connaissait pas.

CHAPITRE III

L'ergrimk était un étrange animal. Il s'était selon toute vraisemblance pris d'amitié ou quelque chose d'approchant pour la jeune Mandine. Il était à plusieurs reprises allé chercher des grappes de krahrs et Mandine s'en était délecté. Ils arrivaient à se comprendre et même en étaient parvenus, à ce point de leurs relations, à échanger *quelques phrases*. En fait, l'ergrimk pouvait se faire comprendre par télépathie. Il y avait eu échange de cette façon. Mais, en plus, Mandine avait fait un séjour sur Gremchka, et, comme tous les habitants de cette planète d'un haut degré de technicité et d'évolution scientifique, elle avait été *polyconditionnée* par les puissantes machines des Gremchkiens pour comprendre tous les langages, dialectes et idiomes de l'Univers.

Aussi les sortes de grognements ou de jappements ou les bruits produits par le larynx de Kolok étaient-ils traduits. C'était un véritable langage vernaculaire. Et Kolok comprenait les réponses verbales de Mandine. C'est ainsi qu'ils avaient appris à échanger quelques idées. Cette découverte de compréhension réciproque s'était faite progressivement.

— Comment s'appelle cette planète, Kolok ? demandait Mandine pour le lui faire répéter.

— Dena.

— J'ai faim, Kolok.

Et Kolok bondissait dans les fourrés rouges et ramenait quelques instants plus tard des grappes merveilleusement colorées et parfumées. Au bout d'un jour et d'une nuit, Mandine commençait à trouver le temps long et commençait à se demander s'il n'y avait pas des êtres humains comme elle sur Dena.

L'ergrimk était assis sur ses quatre ambulacres postérieurs. Ses mandibules mastiquaient à vide, ses yeux globuleux et ronds roulaient dans toutes les directions, ses antennes palpitaient dans le vent léger. Kolok était de la taille d'un grand chien, d'un danois pour employer une comparaison terrienne, mais c'était sans nul doute un drôle d'animal.

— Sur Dena il y a des êtres humains comme toi, maîtresse, fit son influx mental.

C'était la première fois qu'il l'appelait ainsi. Tout au moins employa-t-il un terme approchant qui signifiait la même chose dans le langage des ergrimks.

— Il y a des faits que tu ne comprendras pas, certaines zones de ton « cerveau » étant vierges pour eux.

Elle comprenait ce qu'il exprimait de toute façon.

— Il y a des choses, reprit Kolok, qu'il vaut mieux ne pas connaître, ne pas voir…, ne pas chercher à voir ou à approcher.

— De quoi parles-tu, Kolok ? Réponds, je veux savoir.

Les antennes de Kolok vibrèrent. Plus tard elle sut que cela traduisait la peur.

— Mais je ne peux pas continuellement vivre comme cela. Il faudrait que je sache, puisque tu dis qu'il y a des êtres qui me ressemblent, s'ils peuvent m'écouter, ou m'accueillir, m'aider ou me renvoyer chez moi... si toutefois leur science...

— Science ?

Les yeux et les antennes de Kolok s'étaient immobilisés.

— Oui, science...

Elle n'insista pas.

— Il y a sur Dena un lieu où vivent des êtres comme toi, enchaîna Kolok. Mais ils ne peuvent pas t'aider. Non, je vois ce que tu veux dire. Ils ne pourront certainement pas t'aider. Puis il y a une contrée interdite. Absolument interdite.

— Que vais-je devenir dans ce cas ?

— Je ne sais pas, maîtresse. Kolok restera là tant qu'il le faudra.

— Mais n'as-tu pas des semblables ? Des créatures comme toi ?

— Les ergrimks sont des solitaires. Il arrive très rarement qu'ils se rencontrent. Très rarement.

— Vous êtes très évolués cependant.

— C'est pour ça. Mais nos moyens sont limités. Nous sommes au sommet de notre évolution, mais nos capacités sont limitées par nos propres corps. Nous avons cependant précédé les humanoïdes de Dena de plusieurs millions d'années.

Mandine resta songeuse. Évidemment elle avait eu de la chance, dans son malheur, de rencontrer Kolok. Mais l'avenir immédiat était dramatiquement sombre.

— Maîtresse peut rester ici pendant des années. Elle ne mourra ni de faim ni de soif.

Mandine ne répondit pas. Une terrible anxiété serrait sa gorge et son cœur. Elle parla :

— J'ai vu une sorte de cratère où se jetait un ruisseau lumineux, avec de la lumière rouge qui provenait de l'intérieur. Qu'est-ce que c'est ?

— C'est la chose la plus terrible de Dena. Il ne fallait pas. Je ne peux pas dire ce que c'est. Il ne faut pas s'approcher. Ne plus le faire...

Mandine n'insista pas pour l'instant, se promettant bien de revenir à la charge. Elle changea son fusil d'épaule.

— Kolok...

— Maîtresse ?

— Toi qui vois et sais beaucoup de choses, qu'est-il arrivé au vaisseau spatial qui me transportait ?

— Kolok se rappelle... Une explosion, un éclair éblouissant, une désintégration... Mais toi tu as été sauvée par un engin plus petit. J'ai suivi ta chute après l'explosion. Elle a été très lente une fois sortie - expulsée - de la plus petite machine... Tu as atterri contre le champ de pesanteur...

— Et les autres ? Les autres ?...

— Ne vivent plus... Tous dispersés dans les airs... en molécules... atomes...

Mandine était atterrée. Ainsi ce qu'elle redoutait

tant s'était produit. C'était atroce... L'équipage...,
Kram...

— Tous morts ? répéta-t-elle avec horreur.

— Ma maîtresse est la seule à avoir pu prendre
pied sur Dena... Elle n'est pas près de revoir les
siens.

Mandine se taisait. Pendant longtemps elle avait
cru pouvoir retrouver vivants Kram et les membres
de l'équipage du *Platinium 2000* qui venait d'Antoria. Mais Kolok ne mentait certainement pas. Kolok
savait la vérité. Il s'était rendu compte de l'approche
et de l'accident du vaisseau spatial. L'ergrimk avait
des antennes spéciales pour tout un tas de choses
qu'elle ignorait. Elle conçut pendant un instant une
sorte d'admiration à l'égard de l'animal. Puis la
tristesse l'envahit à nouveau et elle eut peur. Elle
espérait bien au fond d'elle-même que ceux d'Antoria sauraient qu'un accident était survenu au *Platinium 2000*. Mais étaient-ils à même de localiser cette
catastrophe ? Avec la précision des Gremchkiens ?
Elle espérait également au fond de son cœur qu'ils
préviendraient la planète Gremchka de la disparition
de Mandine et que Claude Eridan...

A nouveau, elle évoqua le jeune commandant
Claude Eridan des Missions Spéciales, ses compagnons terriens Gus et Arièle Béranger. Arièle surtout, à cause de qui elle avait dû renoncer à Claude.
La douce et blonde Arièle Béranger de la planète
Terre. Elle revivait par la pensée toute son aventure
à partir de Maudina ATR en passant par Gremchka
et finalement l'extraordinaire et fabuleux aboutissant : Antoria et son Empire.

Kolok lut la tristesse dans son coeur.

— Maîtresse est « peu enjouée » pour de nom-breuses raisons, grogna la bête.

Mandine leva ses yeux lilas et vit les globes brunâtres de l'ergrimk. Elle frissonna. Allait-elle se contenter de la compagnie de ce monstre pendant encore longtemps ? Elle repoussa cette pensée car « ce monstre » l'avait véritablement aidée et sûre-ment sauvée d'une mort affreuse par la faim et la soif, mais il se passa une chose curieuse.

Kolok qui lisait dans ses pensées comme dans un livre ouvert éprouva-t-il de la honte devant cette répulsion de la jeune femme ? Toujours est-il qu'il adopta soudain une attitude humble. Il se coucha et cacha son horrible tête d'énorme insecte sous ses ambulacres antérieurs. Il resta sans bouger pendant quelques instants.

— Mon pauvre Kolok, ce n'est pas de ma faute si j'ai pensé cela..., éprouvé cela... Nous sommes des créatures si différentes... Nous avons été créées dans des lieux de l'Univers tellement éloignés... Il ne faut pas m'en vouloir. Je te suis infiniment reconnaissante de tout ce que tu as fait pour moi. Ainsi que de tout ce que tu feras...

Kolok poussa quelques faibles grognements puis au bout d'un moment se releva. Mandine nota un apaisement intérieur chez l'être biscornu qu'était Kolok, voire une certaine sérénité. Puis l'ergrimk se mit à lisser soigneusement son corps chitineux.

— Ne peux-tu me dire, Kolok, si les miens, sur Antoria, s'apercevront de ma disparition ? S'ils localiseront le lieu de l'accident ? S'ils préviendront Gremchka ?...

— Non, dit la bête. Kolok ne sait pas... Kolok sait ce qui se passe sur Dena et autour de Dena. Mais Kolok n'a aucune idée des autres planètes... Trop loin..., vraiment trop loin...

C'était le soir. Le soleil géant se couchait dans une gloire d'or et de pourpre. Le ciel semblait une draperie de velours aux teintes dégradées du vert émeraude au bleu de nuit. Des vapeurs montaient entre les formations métalliques... Des vapeurs bleutées. C'était la troisième nuit denienne de Mandine.

Ils allèrent dans le crépuscule embaumé jusqu'à la clairière, loin des kloborhs, où avait été aménagée une « litière ».

Mandine s'allongea sur le dos, triste et rêveuse, et ses yeux immenses tournés vers le firmament, elle regarda s'allumer les étoiles une à une.

Kolok alla plus loin, à une bonne dizaine de mètres et s'apprêta à la veiller comme les autres nuits. Les ergrimks ne dormaient jamais.

Puis, au bout d'un moment, et quand le ciel fut ensemencé de son prodigieux mystère de sphères suspendues et étincelantes, Mandine s'endormit.

Elle allait bientôt connaître les propriétés exactes des kloborhs.

CHAPITRE IV

Ils avaient marché pendant trois jours et trois nuits
et Mandine était harassée de fatigue ; ses traits
étaient tirés, son teint extrêmement pâle et ses
merveilleux yeux lilas commençaient à refléter le
désespoir. L'animal biscornu qui trottait à ses côtés
ne savait plus que faire pour contenter la jeune
femme. Il était évident qu'elle ne risquait que peu de
choses si elle l'écoutait et le suivait, et qu'elle ne
mourrait ni de faim ni de soif. Mais il y avait des états
d'âme que Kolok ne comprenait pas. Lui qui était un
solitaire ne comprenait pas que cette solitude soit une
terrible épreuve pour Mandine. Si elle l'avait écouté,
ils seraient restés au même endroit indéfiniment.
Mais Mandine cherchait toujours, voulait toujours
aller ailleurs... Voir du nouveau... Et parfois il y
avait des risques que Kolok s'ingéniait à éviter.

Mandine voulait essayer de rencontrer des créatures comme elle, voulait savoir s'il existait une civilisation humanoïde sur Dena, le vérifier par elle-même.
Elle avait peine à croire qu'elle allait être obligée de
rester à jamais sur cette planète inconnue. Elle se
refusait à croire que nul ne viendrait un jour la

chercher, la délivrer. Elle ne voulait pas admettre son sort, elle se révoltait. Mais elle était si faible, si isolée, si impuissante... De toute façon, son objectif n° 1 était de ne pas demeurer au même endroit. Surtout ne pas périr dans l'immobilisme et l'inaction. Sa seule défense, sa seule chance était de chercher et d'explorer sans relâche... Avec ses pauvres moyens... Elle était harassée mais elle réagissait et surmontait sa fatigue. Et quand parfois le désespoir l'accablait, elle pleurait en marchant. Et Kolok ne comprenait pas.

C'était l'heure de la halte. Mandine s'assit sur un rocher vert translucide aux belles couleurs émeraude. Elle serra ses genoux l'un contre l'autre et mit de l'ordre dans sa chevelure. Ses yeux lilas fixaient l'être étrange dont les antennes vibraient. Et Kolok s'en fut dans les fourrés métalliques, entre les kloborhs qui devenaient de plus en plus nombreux et hauts, de plus en plus tourmentés, en un lieu connu de lui seul.

Alors Mandine prit son visage entre ses mains et pleura à nouveau. Elle se sentait réellement livrée à elle-même. Qu'elle eût rencontré l'ergrimk était une sorte de miracle en soi mais c'était limité comme possibilité. Elle pensait que cela ne ferait que retarder sa mort, sa déchéance finale...

Il y avait un peu plus loin de grands rochers, comme des cristaux, comme du quartz, qui renvoyaient les reflets du soleil, qui faisaient miroir. Elle se leva et s'en approcha. C'étaient de grands panneaux réfléchissants aux arêtes vives. Il y en avait tout un groupe.

Attirée, elle contempla son image et s'apitoya sur

son propre sort. Il ne restait presque plus rien de sa
combinaison métallique souple. Elle regardait avec
tristesse son visage défait, ses épaules frêles, sa taille
et ses hanches, ses jambes longues et potelées, ses
grands cheveux mauves descendant doucement sur
ses épaules et jusque dans son dos, encadrant des
traits juvéniles et doux...

Elle revint vers le rocher émeraude et reprit sa
place. Kolok ne tarda pas à revenir. Il avait déniché
des grappes encore plus belles, encore plus gorgées
de jus et de vitamines que les fois précédentes et dont
Mandine se délecta.

Quelques jours passèrent encore, et, toujours
marchant dans le même paysage, toujours protégée
par Kolok dont la fidélité était pour le moins
étonnante, exténuée, sous le même ciel d'un bleu
brûlant, Mandine parvint jusqu'à une grève baignée
par une mer grise.

Une grande grève qui s'étendait à l'infini à droite
et à gauche, avec du sable. Ou tout au moins une
sorte de sable poudreux et gris clair où se mêlaient
des coulées anthracite. La mer était gris foncé,
étrange, immense... Des vagues longues et lentes, au
dos arrondi, frangées d'écume, venaient s'écraser sur
les rochers épars sur le rivage.

Un souffle chaud venait du large, parfumé de
senteurs enivrantes. Mandine, cheveux dans le vent,
courut vers la plage de sable fin et foula avec plaisir le
sol mou qui s'enfonçait. Kolok la suivit. La jeune
femme avait plaisir à se trouver devant cette immensité, devant quelque chose qu'elle reconnaissait. Il y

avait des mers et des océans sur Maudina ATR, sur Gremchka et sur Antoria...

Elle s'approcha des vagues merveilleuses qui roulaient vers elle, vers le sable mouillé. Cela semblait être de l'eau, mis à part le fait que même sous un ciel bleu cet élément liquide restait gris.

Mandine marcha le long de l'écume bouillonnante. Kolok était inquiet et semble-t-il prudent. La jeune femme tourna vers l'animal biscornu son tendre visage aux yeux clairs :

— Est-ce que je peux me baigner, Kolok ?

— Maîtresse veut dire aller avec son corps dans la mer ?

— Oui, c'est cela.

— Non... eau empoisonnée ; et il y a les *présences*...

Mandine eut une moue de dépit.

— Tu es sûr de ce que tu dis, Kolok ? Cette eau est empoisonnée ?

— Oui, sauf pour les créatures qui vivent dedans, et les *présences*.

— Quelles *présences* ?

— On ne sait pas ce que c'est...

Des vagues venaient mourir en chuchotant aux pieds de la jeune femme.

— Quel dommage ! Je me serais baignée avec plaisir, cela aurait délassé mon corps. Quelle est cette mer ? Qu'y a-t-il de l'autre côté ?

— Un pays comme celui où nous nous trouvons.

— C'est bien monotone Dena, Kolok.

— Il vaut mieux la monotonie que toute autre chose.

— Si l'on marche tout droit de ce côté en suivant le rivage, où arrive-t-on ?

Elle désignait sa gauche.

— Désert pendant très, très longtemps...

— Et de ce côté ?...

Elle désignait sa droite. Kolok ne répondit pas. Il avait l'air embarrassé.

— Eh bien, Kolok... Où arrive-t-on de ce côté ?

— Le Pays des Tours.

— Qu'est-ce que le Pays des Tours ?

— Il vaut mieux ne pas y aller, maîtresse.

— Mais pourquoi ?...

— On ne sait pas... C'est très dangereux... Aussi empoisonné que la mer...

— Tu parles toujours par énigmes ou toujours de façon insuffisante, mon pauvre Kolok...

— Il ne faut pas aller de ce côté... Il ne faut pas...

Il y eut un silence seul troublé par le vent qui chantait sur la crête des vagues grises aux reflets noirâtres.

— Écoute, Kolok... Sois plus explicite. Tu prétends que cette mer, que cette eau est empoisonnée, mais tu veux dire qu'elle l'est pour un organisme comme le mien ?

— Oui, maîtresse. Pour tout ce qui ne vit pas à l'intérieur.

Kolok se mit à fouir le sable et dénicha un gros caillou irrégulier, couleur rubis, qui jetait des étincelles sanglantes au soleil.

— C'est un être vivant immobile, dit-il, un EEE. Du minéral vivant.

Il le tenait au bout de ses pattes-mâchoires.

Mandine le regardait intriguée tandis qu'il allait
déposer l'EEE sur la grève. Une vague plus longue
que les autres entoura le minéral vivant. Aussitôt on
entendit un crissement aigu et le caillou se mit à
vibrer et à se désagréger comme un morceau de sucre
dans de l'eau.

— Maîtresse est-elle convaincue ?

— Oh ! fit Mandine. C'est horrible... Et moi qui ai
failli enlever mes bottes...

Il y eut un silence.

— Recommencer l'expérience ?

— Non... non..., ça suffit. J'ai compris.

Il ne restait plus rien de l'EEE rubis. Cette mer
était décidément redoutable et Mandine se félicitait
d'avoir rencontré une créature comme Kolok ; elle en
remerciait la providence.

— Voyons, Kolok, tu m'as également dit qu'il y
avait des êtres qui vivaient dans cet océan... Des
poissons ? Des algues ? Des crustacés ?...

— Non... Je ne vois pas ce que maîtresse veut
dire... Poissons, algues, crustacés ?... Ce n'est pas ça.
Des organismes inconnus de maîtresse et certains
même de Kolok.

— Et les *présences* ?

Les antennes de l'ergrimk se mirent à vibrer.

— On ne sait pas ce que c'est.

— Des créatures invisibles ?...

— Non... pas invisibles... Ni visibles, ni invisibles... Des *présences*...

— Il s'en tenait à ce terme, obstinément. Mandine
n'insista pas et se remit à marcher, longeant la grève
d'un peu plus loin cette fois, avec comme une sorte

de terreur respectueuse. Ils laissaient sur leur droite
ce paysage tourmenté et hérissé, couleur de fer,
qu'était la forêt des kloborhs, foulant le sable gris aux
traînées anthracite, et l'étrange mer sur leur gauche…

Subconsciemment, Mandine se dirigeait vers le
Pays des Tours. Elle marchait avec ses bottes à mi-
mollet et ses jambes nues, suivie de l'ergrimk qui
poussait des crissements plaintifs et trottait sur ses
ambulacres… L'ergrimk qui se désolait intérieurement car il devinait que Mandine allait tout droit vers
ces lieux interdits, les plus interdits de la planète, et
qui remplissaient Kolok d'épouvante. Il ne fallait pas
aller là-bas. Il ne fallait pas… Et l'ergrimk ne savait
comment faire pour empêcher la jeune Antorienne
d'accomplir cet acte insensé. Les cheveux mauves et
soyeux ondoyaient dans son dos gracieux. Sa poitrine
nue était gonflée et ferme. Il ne lui restait qu'un pan
de robe et sa ceinture avec les boîtes noires. Mais
elles devaient être inutilisables maintenant, ayant
servi une fois et étant séparées du reste de la
combinaison qui portait un réseau d'énergie.

— Maîtresse, il ne faut pas aller par là… Pas de ce
côté… Pas vers le Pays des Tours…

— Mais nous en resterons loin. Nous resterons à
distance, Kolok, je te le promets. Je veux voir ce que
c'est. De très loin seulement…

Et Kolok crissait de désespoir. Même à distance
c'était dangereux… C'était l'épouvante… Il enra-
geait en son for intérieur de ne pouvoir influer sur les
décisions de la jeune femme.

Vers le soir, ils stoppèrent. Le paysage était

inchangé et Mandine s'allongea épuisée sur le sable chaud. Le soleil géant se couchait dans une gloire de pourpre, d'or et d'émeraude.

— Kolok, dit Mandine gentiment et avec un petit sourire. J'ai faim.

Et Kolok s'enfuit vers la plaine des kloborhs sans plus d'explications.

Quelques instants plus tard, ils étaient rassasiés et reposaient sur la plage, à la limite entre le sable et la plaine, c'est-à-dire le plus loin possible de la mer empoisonnée.

Et c'est baignée de la lueur bleue des nuits deniennes que Mandine s'endormit, veillée par l'être étrange qu'était l'ergrimk.

CHAPITRE V

Mandine dormait depuis quelques heures déjà lorsqu'elle fut réveillée par un bruit étrange. Elle se dressa sur son séant. La nuit était bleue et chaude et elle écarquilla de grands yeux. Kolok était à quelque distance de là et c'était lui qui émettait des vibrations insolites.

— C'est toi, Kolok ? Tu m'as fait peur. Que se passe-t-il ?

— Là-bas..., dit Kolok. Là-bas... Êtres qui sortent de l'eau.

Mandine se tourna et regarda la mer. Effectivement il y avait quelque chose d'anormal au sein de cette nuit, aux abords de la mer empoisonnée : des lueurs sur la grève...

Kolok vint près de Mandine tandis que la jeune femme se levait.

En fait, ces luminescences bleuâtres étaient émises par des créatures arrondies et pour le moins curieuses. Cinq ou six énormes masses gélatineuses, informes, étaient en train de sortir de l'eau et rampaient sur le rivage. Elles étaient d'une phosphorescence bleu-vert qui transilluminait leur sein et éclairait le sable alentour.

Ces énormes masses, comme des sortes de méduses mais sans tentacules, sans prolongations, sans ambulacres ou pseudopodes, animées de mouvements amoebiformes, progressaient en rampant et semblaient s'ébattre. Les unes à peine sorties des flots se mettaient à rouler sur elles-mêmes, d'autres avançaient peu à peu par asynclitisme, par mouvements de déformation successifs, certaines restaient à demi immergées et immobiles ; et il en apparaissait toujours davantage. Il y en eut bientôt des dizaines, comme un troupeau, toutes de la même taille à peu de choses près, toutes plus ou moins ovalaires, ou sphériques et secrétant la même luminescence. En leur centre, on ne voyait rien, ni organes, ni organites, ni noyau, ni vacuoles, ni appareils d'aucune sorte. C'était un gel vivant...

— Qu'est-ce que c'est ? Est-ce dangereux ? demanda Mandine.

— Kolok ne sait pas très bien. Il faut se méfier de tout ce qui sort de Avrana.

— Avrana ?

— C'est le nom de la mer. Ces êtres sont des kraadks. Mais Kolok ne sait rien sur eux ni sur leurs mœurs.

— Des kraadks ?...

Mandine gagnait le milieu de la plage, ses cheveux ondoyant dans le vent nocturne. Elle s'approchait de la clairière de lumière que délimitaient les kraadks.

Kolok suivait, de fort mauvaise humeur. Il ne reconnaissait pas Mandine qui d'habitude était plus

craintive ; elle devenait presque téméraire maintenant.

Certains des kraadks roulaient les uns sur les
autres, deux par deux, comme s'ils jouaient, puis
s'arrêtaient ; puis se séparaient et restaient là, palpitant de tout leur protoplasme gélifié comme s'ils
étaient essoufflés.

Et il en sortait encore des flots agités. Cela faisait
comme des globes lumineux sous la mer.

— Attention, dit Kolok. Pas trop près... Pas trop
près, maîtresse... Ne pas être touché par des gouttes
d'eau... Pas d'éclaboussures... Et attention aussi aux
kraadks...

Mandine s'arrêta à quelque distance et resta
debout à observer cette étrange scène, ces étranges
ébats nocturnes des kraadks lumineux et bleutés. Ils
étaient donc amphibies puisqu'ils pouvaient rester
longtemps hors de l'eau.

— Attention, dit encore Kolok. Il va se passer
quelque chose d'autre...

Mandine suivit la direction des yeux globuleux de
l'ergrimk. Non loin des kraadks, une sorte de cratère
se creusait dans le sable. Mandine et Kolok restèrent
attentifs et sur leur garde. La jeune Antorienne
devinait qu'un événement intéressant était sur le
point de se produire. Elle prenait conscience d'ailleurs du fait qu'elle s'enhardissait et que la peur
semblait s'éloigner d'elle.

Le cratère, dans le jour céruléen émanant des êtres
gélatineux, continuait à se creuser.

— Les goomhs, fit comprendre Kolok.

Dans le creux apparaissait quelque chose de vague

et de noir. Au bout de quelques instants, c'était une sorte de gros oursin qui avait fait issue au fond de l'entonnoir. De la grandeur d'une énorme citrouille et hérissée de longs spicules, irréguliers et peu nombreux. Il resta un moment immobile tandis que les kraadks continuaient leurs ébats. Puis le goomh se mit en marche, c'est-à-dire qu'affecté d'un mouvement de rotation sur lui-même, il se mit à gravir les pentes du cratère. Çà et là, d'autres puits de sable se creusaient sous l'action des goomhs fouisseurs vivant dans le sable.

Bientôt le premier oursin monstrueux roulait sur la plage. Il avançait en direction du troupeau des kraadks, lesquels semblèrent « jouer » avec un peu moins d'ardeur tout d'un coup, comme si l'alerte avait été donnée. Puis l'oursin s'immobilisa.

D'autres goomhs apparaissaient un peu partout, immondes bêtes des sables de Dena.

Kolok donnait des signes de nervosité et Mandine crut bon d'aller se dissimuler avec lui derrière une énorme roche d'améthyste, à quelques pas de là.

De leur cachette, ils purent observer à loisir l'étrange scène qui se déroulait sous leurs yeux.

Pendant quelques instants il parut ne rien se passer, mis à part que les masses gélatineuses étaient plus prudentes dans leurs mouvements. Puis d'un des spicules du premier goomh jaillit un rayon lactescent qui alla frapper un des kraadks les plus proches. Aussitôt ce dernier fut comme paralysé. Et, de la dizaine d'oursins noirs apparus, jaillirent également des rayons lactescents, frappant au hasard les sphères de gel translucide et luminescentes. Les autres regagnèrent les flots empoisonnés aussi vite qu'ils le pouvaient et dans le plus grand désordre. La plupart d'entre eux réussirent à se mettre ainsi à l'abri dans l'élément liquide.

Mais il en restait un certain nombre épars sur la grève, sans mouvement aucun, mais toujours aussi lumineux.

— Ils sont toujours vivants, dit Kolok. Simplement immobilisés.

— Que va-t-il se passer maintenant ?

— Regardez, maîtresse... Une des lois fondamentales de la vie. Le plus fort dévore toujours le plus faible.

Un goomh s'était approché en tournoyant sur lui-même comme un soleil et plantait un de ses spicules dans le gel de sa victime. On vit alors un frisson courir sur la surface de la créature maritime. Puis, sans que rien dans sa luminescence ne varie le moins du monde, on distingua très nettement à l'intérieur, en plein protoplasme, un stylet qui progressait vers le centre. Alors un courant de matière se fit, affluant vers l'orifice du stylet. Le goomh aspirait le contenu de l'animal. Et un crissement strident fait d'étranges vibrations aiguës et douloureuses se fit entendre.

— Il le dévore vivant, fit Mandine. C'est atroce. Quel est ce bruit ?

— C'est un hurlement de douleur.

— C'est horrible ! dit encore Mandine. Ne pouvons-nous empêcher cela ?

— Gardez-vous-en bien ! Maîtresse doit se contenter de regarder. Elle déchaînerait des forces contre elle.

Le crissement continuait de plus belle et passait parfois par des paroxysmes suraigus, indiquant que l'agression était une horrible torture.

D'autres oursins noirs répétaient la même opération et de terribles vibrations emplirent l'atmosphère.

Les kraadks ainsi suppliciés s'affaissaient sur eux-mêmes et diminuaient de volume. Devenaient plats tandis que les cris diminuaient. Bientôt il ne resta plus que des sortes de sacs transparents sur le sable et toute luminescence disparut avec le dernier kraadk absorbé.

— C'est horrible... horrible... Pauvres créatures...

Mandine frissonna. La nuit était toujours bleutée mais n'avait rien perdu de son aspect de « clair de lune ».

— Ce n'est pas fini, dit Kolok.

En effet, là-bas, une douzaine de goomhs s'éloignaient sur la grève, à distance de l'élément toxique. Et dans l'eau des lueurs bleuâtres naissaient, faisant des taches de lumière sous les flots.

De nouveaux kraadks apparaissaient, gonflés de gel lumineux, et rampaient vers les goomhs, sinistres silhouettes mouvantes hérissées de pics.

— Allons-nous-en, dit Mandine. J'en ai assez vu. Je ne pourrai en supporter davantage.

Ils sortirent de derrière leur rocher et quittèrent ces lieux nocturnes et leur terreur.

Ils marchèrent pendant quelque temps. Le firmament constellé de gemmes merveilleuses et scintillantes enjambait Dena selon une extraordinaire voûte nocturne et du « bleu de lune » baignait toutes choses, baignait la nuit mystérieuse où vivaient, grouillaient, se cherchaient d'innombrables formes de vie.

La mer était immense et apaisante, sombre mais caressée de bleu. Les yeux de Mandine étaient très clairs dans ce déferlement azuré et seul le bruit du ressac murmurait dans les profondeurs turquoises de cet étrange décor du bout de l'Univers. Elle était lasse et sur le point d'obéir aux conseils de Kolok lorsque, soudain, un nouveau phénomène attira son attention.

Là-bas, au large, des lueurs sous la mer naissaient, vertes et bleues, jaunes et oranges, apparaissaient ici, disparaissaient là comme un ballet de lumière.

— Qu'est-ce que c'est encore ? demanda la jeune femme.

— Kolok ne sait pas. Phénomène mystérieux et inconnu...

Et cela continuait. Les lueurs sous la mer prenaient toutes les couleurs et même, au grand émerveillement de Mandine, surgissaient des couleurs inconnues d'elle. Des couleurs nouvelles qu'elle n'avait jamais vues, que sa rétine n'avait jamais enregistrées... C'était un véritable émerveillement.

— Oh ! Kolok..., fit-elle. C'est extraordinaire... Ces lumières sous la mer... Elles n'existent pas chez moi... C'est la première fois que mon œil les voit...

— Couleurs n'existant pas ? s'étonna Kolok comme si c'était la chose la plus impossible du monde.

Et pourtant cela était.

Puis il y eut des soulèvements liquides, des dômes

colorés se formaient ; des gerbes lumineuses, comme
des geysers, jaillissaient des flots profonds, fontaines
d'eau et de lumière s'élevant à des hauteurs vertigi-
neuses...

Et toute cette eau remuée, propulsée, retombait
en éclaboussures colorées et phosphorescentes... Un
feu d'artifice maritime d'une étonnante variété et
d'une étonnante beauté.

— Qu'est-ce que cela représente ? Qu'est-ce que
cela veut dire ?...

— Des créatures probablement, qui jouent avec
l'eau et la lumière... Kolok assiste parfois à ces
phénomènes, mais ne sait rien à ce sujet. De toute
façon, il vaut mieux prendre du repos... Maîtresse en
a besoin pour la journée à venir.

Mandine s'attarda à contempler ces étrangetés
marines puis lorsque cela se calma pour enfin disparaître complètement, elle consentit à suivre les
conseils de Kolok et reprendre le sommeil interrompu. Ils gagnèrent à nouveau la limite entre la
plaine et le sable et, la jeune Mandine détendue,
s'allongea dans une cuvette pleine de mousses,
veillée par l'ergrimk, à quelque distance.

Quelque temps plus tard, Mandine, à bout de
forces et enrageant de ne pouvoir mettre son idée à
exécution sur-le-champ, avait été dans l'obligation de
s'imposer deux jours de repos. Ils avaient alors
campé sur place si l'on peut dire et elle avait dormi
toute une journée et toute une nuit, toujours sous
l'œil bienveillant de Kolok qui, lui, exultait. Il fut
alors à ses petits soins, guettant ses moindres désirs,
ses moindres réactions, se lançant à la chasse aux

grappes deniennes qui constituaient un élément complet et liquide, contenant à la fois protéines, hydrates de carbone, lipides, enzymes et vitamines. Il en avait même déniché d'autres, des baies violines grosses comme des mandarines et parfumées d'une manière sauvage et délicieuse, à la chair tendre et ferme tout à la fois. Kolok était vraiment un animal bizarre et attachant et il s'était pris d'une étrange amitié pour la jeune Antorienne. Cependant, lorsque la jeune femme aux cheveux mauves et aux grands yeux lilas eut repris suffisamment de forces, elle se remit en route vers le Pays des Tours, au grand dam du malheureux ergrimk.

De toute façon, il savait qu'il ne pourrait influencer la jeune femme. Alors il la suivait comme un chien fidèle. Il savait aussi qu'il ne pourrait la protéger contre l'épouvante qui régnait au Pays des Tours et dont il n'avait que de vagues notions. Mais s'il arrivait quoi que ce soit, il tenterait tout ce qui était en son pouvoir. Ce qui pour un ergrimk équivalait à un suicide.

Ainsi donc il allait avec Mandine, mais extrêmement tourmenté et la mort dans l'âme. Ils marchaient à la limite entre plaine et sable, c'est-à-dire toujours du côté de la plaine, car tout d'abord la consistance même du terrain rendait la progression plus aisée et ensuite c'était se tenir à distance de la mer empoisonnée et des créatures extravagantes qu'elle recelait.

Mandine marchait d'un pas décidé, dévorée de curiosité et surtout décidée à se rendre compte par elle-même de l'existence éventuelle d'une autre forme de vie que celle représentée par le malheureux

Kolok, qui l'exaspérait par moments. D'une forme de vie proche de la sienne. S'il fallait mourir sur cette planète, loin de tout, loin des siens, loin de tous ceux qui l'aimaient et qu'elle aimait, ce ne serait pas les bras croisés.

Et son cœur se mit à battre à la pensée de Claude Eridan le Gremchkien.

Qu'aurait fait Claude à sa place?... Où était-il? Était-il prévenu de sa disparition? Agirait-il? N'allait-elle pas le voir, voir l'*Entropie*, le puissant et fantastique vaisseau du commandant Eridan surgir tout d'un coup dans l'espace denien?...

Marchant toujours obstinément, ses pensées et son cœur emplis de tous leurs souvenirs communs, elle sentit une larme, puis deux glisser sur sa joue tendre et juvénile (1)...

Voilà où l'avait conduit le renoncement, si amer, si stérile, si douloureux... Pourtant elle ne voulait pas croire qu'elle était abandonnée. Non, ce n'était pas possible. Ce n'était pas logique. Antoria savait que le vaisseau était perdu... Et Antoria préviendrait Gremchka... Restait à savoir si les Instances Supérieures de Gremchka, si le Grège, le Grand Régent de l'Empire et des Galaxies Extérieures, estimeraient que son insignifiante personne valait la peine d'organiser une expédition de secours à cette effroyable distance... Mais elle espérait tout de même.

Elle en était là de ses pensées, lorsque Kolok se manifesta :

— Maîtresse ne doit pas se décourager. Puisque

_____

(1) Voir : *Le Monde de l'Incréé* et *Princesse des Étoiles*.

maîtresse est Princesse d'Antoria, elle est un personnage très important... Le plus important... Les sauveteurs sont peut-être déjà en route...

— Qui le sait exactement ?... Qui peut le dire ?...

— J'ai confiance après avoir lu tout ce que j'ai lu dans la pensée de Princesse Mandine... Des expéditions de secours seront organisées..., le sont certainement déjà... Soit en provenance d'Antoria..., soit à partir de Gremchka...

— C'est si loin Gremchka, si tu savais, mon pauvre Kolok... C'est si loin... Je ne peux même pas t'expliquer à quel point c'est loin...

Ces notions dépassaient évidemment l'entendement d'un ergrimk.

— Maîtresse devrait être raisonnable et attendre là... Elle ne manquera de rien, je l'ai déjà prouvé. Si les secours sont organisés, il vaut mieux qu'ils trouvent maîtresse saine et sauve. Morte d'ennui mais en bon état et en bonne santé... plutôt que...

— Plutôt que quoi ?...

— Il ne faut pas aller au Pays des Tours... C'est l'épouvante... C'est un lieu maudit... Kolok ne pourra rien, absolument rien... Et les Gremchkiens et les Antoriens ne nous retrouveront jamais... Plus jamais...

CHAPITRE VI

Plus le temps passait et plus Kolok se faisait prier pour suivre Mandine ; il refusait presque d'avancer. Le paysage n'avait guère changé et ils continuaient à marcher à la lisière de la plaine des kloborhs. Ceux-ci, étrange végétation de métal, cactus contournés et tarabiscotés dans tous les sens, étaient plus denses et plus hauts que jamais. Kolok était mal à l'aise. Il avait peur. Ses antennes ne cessaient de vibrer.

— Le Pays des Tours n'est plus loin maintenant, maîtresse... il ne faut pas continuer... Il ne faut pas...

— Je te propose un marché. Explique-moi le danger que nous courons là-bas, ce qui se passe, ce que tu redoutes... et peut-être changerais-je d'avis... Parle, Kolok.

— Kolok ne sait rien, simplement qu'il est interdit d'y pénétrer, d'apercevoir même le Pays des Tours de loin... Quelque chose d'horrible, d'abominable se trouve là...

— Mais qu'est-ce que c'est ? De quoi s'agit-il ? Comment sais-tu cela et rien que cela ?... C'est-à-dire si peu de choses finalement...

— Hérédité... en nous... Les ergrimks savent

cette chose… Savent que l'épouvante règne au Pays des Tours… Que c'est le pays de la peur… et que nul ne peut y pénétrer sans être touché par la malédiction… Que nul ne peut en ressortir… Mais ils n'ont pas de précisions sur ce qui s'y passe exactement…

— Est-ce qu'il y a une relation avec les trous rouges où coulent des ruisseaux lumineux ?

— Oui, peut-être… Certainement même…

— Est-ce qu'il y a une relation entre le Pays des Tours et les *présences*… qui sont dans la mer empoisonnée ?

— Kolok ne sait pas tout cela… Peut-être y a-t-il relation entre ces trois points, peut-être pas. Il ne faut pas continuer, maîtresse… Pas continuer… Kolok ne pourra plus rien pour elle… Plus rien…

Mais Mandine ne voulait rien entendre et désirait voir ne serait-ce que de loin ce qu'était le Pays des Tours.

— Même de loin, reprit la bête qui avait lu dans les pensées de Mandine. Même de loin… Il ne faut même pas apercevoir le Pays des Tours… Kolok est persuadé qu'une force maléfique influe sur maîtresse et l'attire là-bas… Kolok en est sûr maintenant…

Et la jeune Antorienne continuait de rester sourde aux récriminations et aux plaintes de la malheureuse bête qui marchait de plus en plus loin derrière elle. Parfois Mandine se retournait et attendait Kolok, l'encourageait du geste et de la voix, mais ce dernier était réellement en piteux état. Il faisait peine à voir. C'est alors que survint le terrible événement.

— Kolok ! cria Mandine en portant ses poings à ses lèvres. Kolok… Attention !…

Hélas, il était trop tard. L'ergrimk était, dans son inquiétude et son affolement, passé trop près d'un kloborh ; à le toucher. Tout d'un coup, une feuille métallique indentée comme une scie s'était mise en mouvement, s'était déployée, et, telle une lanière avait entouré le corps du malheureux ergrimk.

— N'approche pas ! eut-il le temps de gémir. N'approche pas, maîtresse... C'est le cycle des kloborhs... Reste loin des kloborhs...

— Kolok !... Kolok !... Que puis-je faire ?

— Rien... maîtresse... Tout est fini pour Kolok...

Il était suspendu à la feuille-lanière qui entourait son corps et il se débattait faiblement. La plante métallique amena sa proie au centre de la corolle et engloutit l'animal à moitié.

On ne voyait plus que ses yeux globuleux effarés, ses pattes-mâchoires, trois de ses ambulacres antérieurs ainsi que la partie supérieure de son corps... Ses antennes étaient brisées et son corps commençait à être broyé, malaxé, envahi d'acides digestifs.

On entendit des craquements chitineux tandis que la pauvre bête hurlait à sa façon, c'est-à-dire en émettant un bourdonnement intense. Ses pattes et ses antennes s'agitaient dans tous les sens sous la souffrance terrible qu'il endurait.

Mandine épouvantée par ce qui arrivait au malheureux animal se tenait immobile, incapable de réagir et incapable réellement d'intervenir, de voler au secours de son compagnon d'infortune...

L'horrible holocauste suivait impitoyablement son cours. Kolok s'enfonçait par secousses successives et il se débattait de plus belle, il bourdonnait de plus belle... C'était un spectacle atroce... Il hoquetait, ses yeux globuleux devinrent rouges ; il était broyé, digéré vivant... Les feuilles indentées serraient encore, serraient...

Kolok ouvrit grand son orifice buccal entouré de pattes-mâchoires comme celles d'un crabe, et il apparut une sorte d'objet blanc nacré.

Il fit un effort et vomit la chose qui tomba à terre. Une sphère déformée plus ou moins ovoïde. Puis il y eut une secousse nouvelle et l'ergrimk fut encore englobé, aspiré, happé...

Mandine comprit qu'elle devait se saisir de l'objet et ne pas s'en séparer. Que c'était quelque chose comme un œuf.

Le kloborh se referma et Kolok disparut complètement et définitivement. Elle perçut encore de terribles secousses à l'intérieur de la plante puis cela se calma et le silence se fit.

Mandine venait de perdre son merveilleux compagnon et se retrouvait seule, sans secours, sans personne... A nouveau isolée sur ce monde terrifiant et impitoyable.

Elle s'approcha prudemment de l'atroce plante métallique et saisit l'œuf de l'animal.

Celui-ci était dur et nacré, assez lourd. Elle le regarda dans tous les sens, le tourna entre ses mains, et, finalement, le plaça dans une des boîtes vides de son ceinturon qu'elle referma soigneusement.

Qu'est-ce que c'était ? Qu'est-ce que cela signifiait ? Était-ce un dernier message de l'ergrimk ? De toute façon, elle continua sa route. Des larmes coulaient à nouveau de ses yeux merveilleux qui reflétaient toute la détresse du monde. Elle était effrayée par tout ce qui venait d'arriver et ne pouvait détacher ses pensées du sort épouvantable de la malheureuse bête. Elle pensait en être entièrement responsable. Si elle n'avait pas insisté..., si elle avait écouté ce que Kolok disait, il n'aurait pas été imprudent à ce point et rien ne serait arrivé...

Puis sa détresse se teinta d'angoisse et elle craignit pour son avenir immédiat. En effet, elle ne savait pas où Kolok allait chercher les fruits de Dena. Elle se le reprocha, elle aurait dû le lui demander. Elle aurait dû s'enquérir de cette chose-là. Elle avait été doublement confiante, mais doublement imprudente aussi.

C'est alors qu'elle aperçut pour la première fois le Pays des Tours.

C'était loin, là-bas, très loin à l'horizon, légèrement estompé par une brume légère...

CHAPITRE VII

Mandine vacilla légèrement, debout, les traits tirés et extrêmement pâle.

Le Pays des Tours !...

Un vent violent se leva, plaquant ce qui lui restait de vêtement contre son corps charmant, faisant voltiger sa chevelure mauve, caressant, fouettant ses épaules et sa poitrine nues... Un vent étrange et chargé de parfums inconnus et nouveaux. Là-bas, très loin, des cylindres, un grand nombre de cylindres, peut-être des centaines, se profilaient...

Ils semblaient être très hauts pour autant qu'on pouvait en juger. Ainsi elle était parvenue au bout de son périple. Elle était parvenue en vue du Pays des Tours, et, elle se le rappelait maintenant, Kolok la malheureuse et fidèle bête lui avait précisé qu'il ne fallait même pas les contempler à distance. Le vent redoubla de violence comme s'il voulait empêcher Mandine d'avancer.

Pourtant, contre toute logique, contre toute prudence, elle se mit à nouveau à marcher vers ce pays fabuleux et hautement interdit. Après tout si le mal était fait, un peu plus un peu moins, quelle importance ! Et au point où elle en était...

Elle avança dans le vent debout qui freinait sa progression et qui soufflait entre les sinistres kloborhs. A maintes reprises elle frémit d'épouvante, des tentacules de fer se tendaient vers elle et essayaient de la happer. Elle échappa à son tour et de peu à une mort atroce.

Puis, cependant, le vent toujours aussi violent, elle sortit de la plaine des kloborhs, ceux-ci se raréfiant de plus en plus, jusqu'à ce qu'il n'y en ait plus.

Les Tours étaient plus proches maintenant. Ce n'est que très tard, vers la fin de cette sinistre journée, qu'elle parvint à une distance raisonnable de ces curieuses formations. Peut-être deux ou trois cents mètres seulement.

Alors elle s'immobilisa et les contempla car elles apparaissaient avec une grande netteté. Les Tours étaient toutes édifiées sur une immense base métallique, comme une plaine, et leur enchevêtrement se perdait à l'horizon. C'étaient des centaines et des centaines de cylindres luisants et gigantesques. Extrêmement hauts, ils s'élançaient à l'assaut des nuées. Implantés sans aucun ordre semblait-il, ils s'étendaient à perte de vue, allant même jusqu'au bord de la mer. Était-ce une ville ? Une ville tentaculaire ?... C'était évidemment la première idée qui venait à l'esprit. Une gigantesque ville de Tours de métal reposant sur un sol de métal.

Que fallait-il faire ? Avancer ? Circuler entre ces constructions bizarres ? Mettre le pied sur ce sol métallique ?... Mandine était-elle déjà la proie des influences maléfiques qui régnaient en ces lieux ? Elle ne ressentait rien de particulier pourtant si ce n'est une faim atroce qui tenaillait son estomac.

Elle ne pouvait revenir en arrière de toute façon. C'était exclu. Perdue pour perdue, elle allait devoir affronter le terrible inconnu et toutes les affres et fantasmagories qui sévissaient dans cette contrée. Il lui fallait surtout trouver de quoi se nourrir et boire si cela était du domaine du réalisable.

Elle eut encore une pensée émue et triste pour le malheureux Kolok. Puis, affaiblie par sa longue marche et le vent violent qui ne cessait de souffler, affaiblie par le manque de nourriture, elle franchit les quelque cent mètres qui la séparaient de l'embase du pays des Tours et mit enfin le pied sur le sol défendu.

C'était un sol très dur que foulaient les bottes de la jeune femme. Elle avançait prudemment mais il ne se passait rien et elle ne ressentait rien de spécial. Kolok s'était-il trompé ? Avait-il exagéré ? Elle ne savait que penser.

Le vent soufflait toujours entre les cylindres, et le ciel devenait jaune, hostile, sinistre...

Où diable trouver âme qui vive dans cette région perdue ? Où diable trouver de quoi s'alimenter ?... Mandine n'était pas loin de penser que sa fin était proche et qu'elle avait survécu sur Dena plus que son temps.

Continuant sa progression, elle parvint jusqu'au pied des premières Tours. Les immenses cylindres la dominaient de toute leur fantastique structure.

Ils dressaient vers le ciel crépusculaire leur masse imposante et écrasante. Ils étaient uniformément cylindriques et lisses et on n'apercevait pas d'issue, pas de fenêtre, pas de porte... C'était fort curieux et surtout impressionnant. La mer grondait au loin. Le vent tourbillonnait, sifflait, gémissait, faisait ondoyer la chevelure de Mandine tandis que le jour baissait progressivement.

Allait-elle se trouver seule en pleine nuit dans ces lieux maléfiques ? N'allait-il rien se passer ? Rien se produire de ce que redoutait Kolok ? Elle était prête à tout maintenant.

Elle parvient au pied du premier cylindre dont elle examine la paroi hermétique et absolument uniforme, reflétant les étranges lueurs du couchant.

Elle est sur le point d'y toucher. Invinciblement poussée à le faire, elle appuye sa main contre la froide surface. Le contact lui laisse une impression étrange mais il ne se passe toujours rien. Ces cylindres sont tous identiques.

Elle va de l'un à l'autre car ils ne sont pas tellement distants et se sent écrasée par de telles masses... Elle n'est qu'un insecte minuscule dans un monde géant. Le crépuscule devient violet et la nuit ne tarde pas à venir. Elle la surprend, errant d'un cylindre à l'autre, ne sachant exactement que faire ni où aller. Elle est éperdue de fatigue et se sent défaillir ; la faim et la soif la tenaillent toujours. Le vent est tombé avec la nuit et la mer assez proche fait entendre son ressac.

Mandine n'en peut plus, elle est sur le point de se laisser glisser au pied d'une tour et de dormir à même la surface métallique du sol, lorsque son attention est attirée par une lueur.

Cela vient du bord de mer. Elle aperçoit alors des

dizaines et des dizaines de petites flammes qui tremblotent comme les flammes de bougies ou de cierges. Cela fait comme une procession. Elles se suivent, elles serpentent, elles avancent lentement, contournant les bases des tours les plus près du rivage, semblent vouloir se rapprocher un moment du lieu où se trouve Mandine, puis s'éloignent. Pour autant qu'elle puisse en juger, il n'y a personne entre les flammes et le sol. Absolument personne. Pas de silhouette. Rien. Ces éléments de feu « tiennent en l'air », dans l'espace, et semblent pourtant « portés » par quelqu'un ou quelque chose... Mais on ne distingue rien. Des êtres invisibles ? Peut-être. Mandine pense aux « présences » qu'avait mentionné l'ergrimk.

La procession invisible se déroule toujours là-bas, et, cette fois, semble revenir et se diriger carrément vers elle. Oui cela s'approche. Le serpent lumineux fait et défait ses anneaux de lumière tremblotante dans sa direction, entoure un cylindre, puis un autre.

Quelle est donc cette étrange manifestation ? Finalement, cela passe très près d'elle... à quelques dizaines de mètres. Ce sont des petites flammes verdâtres, phosphorescentes, vaguement triangulaires, pointues, à hauteur d'homme, mais seules dans l'espace. Cela défile, pas très loin, mais on n'aperçoit toujours rien ; il n'y a pas de piétinement, pas de souffle, pas de bruit de respiration...

Mandine est plaquée contre la tour et laisse passer l'étrange phénomène. Que représentent ces flammes ? Sont-elles réellement portées par des êtres ou existent-elles seules ? Et dans ce cas qu'est-ce que cela veut dire ?

La procession invisible s'éloigne à nouveau entre les tours et finit par se perdre au loin, toujours silencieuse et intrigante, toujours sans signification. Tout au moins pour l'instant. Les ténèbres bleues reprennent possession du Pays des Tours.

Alors Mandine qui n'en peut plus s'écroule sur la surface dure et polie.

Il fait grand jour quand elle ouvre les yeux. Le soleil l'aveugle un instant, elle bat des paupières et puis se redresse. Elle est fourbue, courbatue, à peine reposée. Elle se sent très faible. A peine si elle peut tenir sur ses jambes. Cela va être une mort horrible que la sienne, par la faim et la soif.

Elle pense à son père Hyan et à son frère Esiom sur Maudina ATR. Eux ont choisi de rester. Ils ont été des sages. Elle a subi la terrible loi de l'amour qui l'a emportée jusque sur Gremchka, puis sur Antoria, et elle est sur le point de périr sur ce monde hostile et périlleux. Abandonnée de tous.

Elle fixe les perspectives hallucinantes et brillantes des cylindres métalliques. Perdue dans le Pays des Tours !... Elle s'appuie à la paroi. Oh si cette paroi pouvait s'ouvrir !... Et qu'elle puisse se réfugier à l'intérieur... Qu'elle y découvre un havre de tranquillité et de paix...

Et soudain, voilà que, semblant répondre à ce vœu ou plutôt à cette injonction psychique, une ouverture ovalaire se crée à l'endroit précis où se posent ses yeux.

Elle sursaute.

Est-ce possible ? Dieu du ciel ! La paroi s'est dématérialisée... Que se passe-t-il ?... Est-ce sa volonté qui a provoqué cette ouverture ?

Elle est hésitante. A l'intérieur, c'est tout vert... Une douce et bienfaisante lumière y règne et cela l'attire... L'attire...

Elle essaye encore. « *Que cela se referme* » pense-t-elle avec force. Et aussitôt la paroi se rematérialise devant elle.

CHAPITRE VIII

Elle n'a plus sous les yeux à nouveau qu'une surface nette, sans une faille.

— *Que cette paroi s'ouvre une seconde fois !*

Elle formule cette pensée avec force dans son esprit.

L'ouverture réapparaît. C'est curieux, cela fait chaque fois comme un bouillonnement, comme une désagrégation de la surface courbe... comme si le plan solide se dissolvait dans les airs...

Elle essaye son pouvoir une fois, deux fois. La matière obéit. Elle obéit aux injonctions psychiques de la jeune femme.

Elle reste là devant l'ouverture béante. A l'intérieur, cela semble si reposant... cette merveilleuse lumière verte...

Elle n'a plus qu'à y pénétrer. Elle l'a demandé, voulu... Peut-être trouvera-t-elle le repos, ou des solutions à ses problèmes immédiats et angoissants ?

Elle hésite..., hésite... puis se résigne... Tant pis... il faut faire selon l'opportunité du moment. Elle est toujours en vie, de toute façon.

Elle fait un pas en avant... Un autre... Se tient sur le seuil... et entre enfin dans la tour gigantesque.

Aussitôt l'issue se referme derrière elle. Elle pousse un léger cri mais elle s'aperçoit rapidement qu'elle peut commander le même mécanisme de là où elle se trouve. Elle est provisoirement rassurée. Elle pourra ressortir quand elle voudra.

Elle se trouve au milieu d'une immense cheminée cylindrique baignée de cette extraordinaire clarté verte. Et, chose curieuse, elle sent progressivement ses forces lui revenir. Ses courbatures, sa fatigue intense disparaissent peu à peu, insensiblement ; elle se sent bientôt reposée comme après une excellente nuit de sommeil, comme après un bain délectable... Et elle s'aperçoit par la même occasion qu'elle n'a plus faim, ni froid... C'est un mystère extraordinaire. Elle n'a plus faim, plus soif, et elle n'est plus fatiguée. Elle se sent même légèrement euphorique. Est-ce une propriété de la lumière verte, de l'air ambiant, de l'espace dans lequel elle évolue ?... Elle n'en sait rien. Elle ne peut pas juger. Tout ce qu'elle peut faire, c'est subir, et c'est délicieux. Elle ne cherche pas à comprendre.

Une fois ses forces retrouvées, elle examine attentivement les lieux et s'aperçoit que la paroi cylindrique est aussi nue à l'intérieur qu'à l'extérieur. Elle lève la tête. Au-dessus d'elle, à partir d'une certaine hauteur cependant, on dirait qu'il y a comme des alvéoles. L'intérieur de ce cylindre géant est d'une hauteur vertigineuse, et, à partir d'une dizaine de mètres, on peut distinguer des sortes de niches

juxtaposées, disposées de façon circulaire et réguliè-
rement alignées jusqu'à l'extrémité supérieure.

Mais comment y accède-t-on ? Et à quels êtres sont
réservées ces niches ? Il n'y a pas d'escalier, ni de
degrés. Des êtres volants ?...

Mandine est perplexe. Ainsi, c'est tout ce que
contiennent les Tours ? Une atmosphère nutritive et
hydratante, défatigante et euphorisante, et cette
étrange lumière verte...

— Que je m'élève doucement, pense-t-elle, prise
d'une idée subite, en concentrant toute sa pensée sur
ce fait.

Aussitôt elle se sent soulevée dans les airs et
manque perdre l'équilibre ; mais elle se rattrape à
temps.

— Que je revienne au sol.

La force immatérielle qui l'a soulevée s'inverse et
la dépose « à terre » le plus naturellement du
monde. C'est de plus en plus extraordinaire. Ces
édifices, la matière même dont ils sont faits, l'espace
qui les baigne, tout est calculé pour répondre aux
injonctions psychiques.

Elle recommence à plusieurs reprises, montant un
peu plus haut à chaque « bond » ; puis, lorsqu'elle a
pris l'habitude de ce nouveau moyen de locomotion,
elle s'enhardit jusqu'aux cellules du sommet.

Elle redescend et remonte encore. Il ne faut pas
baisser la tête ni les yeux à cause du vertige. Elle
arrive à se tenir dans les airs, jambes écartées et
poings sur les hanches pour être plus stable et les
pieds sur la « force qui monte », les yeux devant elle,
obstinément, sans regarder en bas.

Les parois défilent avec leurs alvéoles assez grandes pour contenir un être humain, creusées dans le métal... des alvéoles vides de tout occupant.

C'est du moins ce qu'elle croit au terme de cette première expérience.

Elle stoppe au hasard, à mi-hauteur, simplement en le pensant fortement, en donnant l'ordre mental à la *chose* qui règne à l'intérieur de l'édifice, et reste ainsi suspendue dans les airs. Elle s'aperçoit alors qu'elle peut se déplacer à ce niveau comme sur une plate-forme invisible. Regardant à ses pieds par inadvertance, par réflexe, elle voit l'effroyable vide au-dessous d'elle. Aussitôt le vertige la saisit et elle prend son visage entre ses mains. Elle titube un peu, et, ce faisant, s'approche d'une chambre interne. Elle s'y réfugie. Ces alvéoles sont certainement des chambres de repos.

Une fois à l'intérieur, une douce euphorie la gagne. La jeune femme a alors envie de s'allonger sur le sol légèrement incurvé. On y est bien. C'est délassant et agréable.

Quelques instants plus tard, sans défense, offerte au formidable inconnu qui hante ces lieux, elle s'endort d'un profond sommeil.

Lorsqu'elle se réveilla dans la lumière verte, elle ne comprit pas tout de suite où elle se trouvait. Regarda autour d'elle, puis les souvenirs lui revinrent peu à peu.

Elle était incapable de dire combien de temps elle avait dormi. Peu importait d'ailleurs. L'essentiel était qu'elle se sente bien, en pleine possession de ses moyens, qu'elle se sente rassasiée et n'ait ni faim ni soif.

Les forces formidables qui régissaient ces lieux pourvoyaient absolument à tous les besoins des organismes vivants. Elle se pencha au bord de l'alvéole et, à nouveau, le vertige la saisit.

— Je veux descendre, dit-elle à voix haute.

Mais elle se rappelait mal. Il lui fallut beaucoup de courage pour mettre le pied à l'extérieur de l'alvéole. Elle y retrouva un sol dur et invisible et y prit place ; aussitôt Mandine se mit à descendre lentement, à son gré.

Durant tout le temps que dura la descente, dont elle pouvait régler la vitesse à sa guise, elle pensa que Kolok s'était certainement trompé sur le Pays des Tours et que sa subsistance, sa survie étaient, semblait-il, définitivement assurées.

C'est en arrivant à la base du cylindre qu'elle rencontra pour la première fois Eeina, la fille verte.

CHAPITRE IX

Eeina vit descendre Mandine sans tròp d'étonnement. Eeina était une splendide créature aux cheveux verts, aux yeux émeraude et sa peau était légèrement teintée de vert ; un vert léger et merveilleux qui mettait ses formes sensuelles en valeur. Elle était, comme Mandine, épaulés et seins nus et ne portait qu'une sorte de maillot en treillis métallique avec une ceinture. Elle était également chaussée de bottes vert sombre.

Eeina parla aussitôt dans son langage et Mandine sut comment répondre.

— Qui êtes-vous ? lui demanda-t-elle stupéfaite.

— Mon nom est Eeina. Je viens de la Galaxie Cybernétique n° 113 des Galaxies Liminaires de l'Univers. Notre système solaire est proche du noyau. Le nom de ma planète est Opalia. Notre vaisseau a explosé en orbite autour de ce monde. Je suis la seule survivante.

Mandine la regarda de ses yeux clairs étonnés. Cette jeune femme lui racontait une aventure similaire à la sienne.

— Je m'appelle Mandine. Je viens d'Antoria mais

je suis originaire de Maudina ATR. J'ai aussi vécu très longtemps sur Gremchka.

Ce fut au tour de la jeune femme verte d'ouvrir de grands yeux. Gremchka ? Elle avait entendu parler de Gremchka.

— Gremchka ? Vous avez été sur Gremchka ?... Vous connaissez les Gremchkiens ?... C'est une des puissances spatiales les plus extraordinaires qui soient. Les Opaliens ont une grande admiration pour la super-science de Gremchka. Nous avons peut-être une chance de nous en sortir dans ce cas. Vous avez vraiment vécu là-bas ?

— Bien sûr, dit Mandine rêveuse. Pourquoi pensez-vous que je parle votre langue ?

— C'est vrai. C'est extraordinaire ! Les Gremchkiens sont les seuls capables de faire cela. Les Gremchkiens sont les seuls capables de nous retrouver dans tout l'Univers avant qu'il soit trop tard.

— S'ils le veulent, j'en suis persuadée. Mais le voudront-ils ? Je suis aussi la seule survivante et toute la question est de savoir si ma personne est digne de justifier une expédition de secours à travers les parsecs qui nous séparent.

— On dit que ce sont de grands humanistes, des gens extrêmement bons. Je pense qu'ils viendront à notre secours. Quelle bonne nouvelle que vous soyez de Gremchka !

— Par où êtes-vous arrivée jusqu'aux Cylindres ?

— Par la mer. Il y a longtemps que je marchais et c'est avant de sortir de la ville de ce côté que j'ai tenté l'expérience de « vouloir » pénétrer dans cette tour.

— Vous aviez faim et soif ?

— Oui, j'étais exténuée, à bout de forces, sur le point de m'évanouir ou de mourir. Dès que j'ai franchi ce seuil, ma faim a disparu, ma soif également et les forces me sont revenues. Ce doit être une propriété de l'espace interne.

— Probablement oui.

— Et puis je vous ai vu descendre... Quelle chance !... Quelle chance de vous avoir rencontrée... Merci DMM !...

— DMM ?...

— C'est celui qui a créé l'Univers et que nous ne connaissons pas. Que nous ne voyons pas. Vous n'invoquez pas celui qui a créé l'Univers et qui nous a créés ?... Qui a infusé en nous la Science et la Connaissance ?... Et de qui nous nous rapprochons ?...

— Si... bien sûr. Il a simplement un autre nom chez nous. Eh bien, je suppose que nous allons devoir rester dans ces lieux car ils sont nécessaires à notre vie.

Eeina fixa Mandine de ses grands yeux verts.

— Nous avons traversé des épreuves redoutables, dit-elle. Mais seul DMM sait celles qui nous restent à subir. Ces lieux sont hospitaliers d'après vous ?

— Je n'en sais rien. Nous n'avons pas le choix, de toute façon. J'étais également au bord de l'épuisement nerveux et physique. J'étais comme vous au bord de la mort par inanition. Ici tout est merveilleux... Quand je pense...

Elle s'interrompit songeuse. Eeina respecta son silence.

— Quand je pense, reprit Mandine d'une voix un peu altérée, que le Pays des Tours m'avait été présenté comme dangereux, interdit, cachant quelque épouvante et quelque horreur secrète...

— Par qui ? demanda Eeina.

— Une créature bizarre tenant à la fois de l'insecte et du crustacé, de la chrysalide et du chien... Un ergrimk... Mon pauvre Kolok...

— Ergrimk ?... Kolok ?...

— Il a été mon compagnon des premières heures, des premiers jours... Il s'était pris d'amitié pour moi. La malheureuse bête était horrible à voir... Son aspect était repoussant... Mais il a veillé sur moi... Il a veillé à ce que je ne manque de rien... Il allait chercher je ne sais où des fruits et des baies extraordinaires : les grappes de Dena...

— Et il vous avait mis en garde contre le Pays des Tours ?

— Oui... Il tremblait en pensant que j'y dirigeais mes pas malgré tous ses avertissements et ses interdictions. Il était complètement épouvanté... Il ne savait plus comment faire pour m'empêcher d'être attirée par ce lieu étrange...

— Et que prétendait-il y trouver ? Quel danger ? Quelle menace ?...

— Il ne savait pas très bien. Il n'a pas su m'expliquer...

Eeina l'Opalienne soupira.

— Eh bien, il se sera trompé voilà tout. Ou alors le Pays des Tours a subi des modifications. Ou encore ce n'était dangereux que pour lui. Qui peut savoir ? Vous avez eu de la chance de tomber sur un cicérone. Je suis restée seule pendant très longtemps. J'avais des vivres de réserve, mais je les avais épuisés. J'étais perdue, complètement perdue... J'ai erré pendant longtemps dans une plaine rouge, avec des rochers rouges, puis j'ai suivi la mer... enfin, le rivage.

— Vous n'avez pas été tentée de vous baigner ?

— Si... De nombreuses fois... Mais j'ai préféré ne pas m'approcher et m'abstenir. On ne sait jamais.

— Vous avez bien fait. Cette mer est empoisonnée, elle dissout et désagrège les organismes vivants qui n'y sont pas adaptés.

Eeina frissonna et répéta à voix basse, songeuse :

— Oui... J'ai bien fait...

Il y eut un silence. Nul bruit ne se faisait entendre venant du dehors. Et il n'y en avait pas à l'intérieur.

— Comment s'est produit la catastrophe de votre vaisseau spatial ? demanda Mandine au bout d'un moment.

— Je ne sais pas très bien... Il se peut que nous ayons été interceptés ou attaqués... Les « transmetteurs » nous avaient montré l'existence d'une sphère de cristal qui nous accompagnait quelques instants auparavant.

— Il en fut exactement de même pour nous. Êtes-vous sûre que vous êtes la seule rescapée ?

— C'est ce que j'ai admis... Mais sûre..., absolument sûre, je ne saurais le dire.

Les yeux de lilas clair de la douce et charmante Mandine exprimaient maintenant une profonde tristesse à l'évocation du drame où avaient trouvé la mort des êtres qu'elle aimait.

— Il va falloir nous organiser pour survivre...

— Nos pauvres existences ont-elles une si grande importance dans l'immense univers ?

— Ne serait-ce que pour les êtres chers que nous aimerions revoir...

Un voile de rêve et de mélancolie obscurcit un instant le regard émeraude d'Eeina.

— Il le faudra, dit-elle d'une voix légèrement altérée.

Un autre silence s'établit entre elles.

Mandine de plus en plus rêveuse et heureuse d'avoir rencontré une compagne, ne pouvait pas ne pas penser malgré elle au terrible avertissement de Kolok concernant ces hauts lieux.

Avertissement qui allait, hélas, se révéler être vrai de la façon la plus dramatique...

CHAPITRE X

Quelques jours s'étaient écoulés, tranquilles, presque heureux, pour Mandine et Eeina l'Opalienne. Quelques jours au cours desquels elles n'avaient jamais autant ressenti l'équilibre physiologique qui leur était dispensé par le système interne des tours et dont elles ne voulaient plus s'éloigner.

Quelques jours au cours desquels Eeina s'était émerveillée de son pouvoir sur la matière, faisant s'ouvrir et se fermer des portes dans les cylindres géants et massifs. Au cours desquels la fille verte s'était émerveillée de monter et de descendre sans effort avec le seul secours de sa propre volonté.

Tout semblait calme et euphorique et elles logeaient dans des alvéoles différentes, changeant parfois de cylindre.

— C'est bizarre tout de même, dit un jour Mandine. Ces tours, qui sont une ville déserte et abandonnée, n'ont-elles été construites, réalisées et implantées là uniquement pour servir de refuge à d'éventuels naufragés de l'espace... et rien d'autre ?

— Ça ne paraît pas possible, dit Eeina. Peut-être

leurs habitants émigrent-ils de façon cyclique et n allons-nous pas tarder à les voir paraître ?

Mandine haussa les épaules et ne répondit pas. « Et si Kolok avait raison », pensait-elle, mais elle chassa aussitôt cette idée.

A plusieurs reprises, dans la nuit diaprée et bleue de Dena, elles avaient assisté à ces étranges processions de flammes vertes, mais n'avaient pu se faire la moindre idée sur leur nature, leur origine, leur signification. Il se pouvait que cela vînt de la mer empoisonnée, mais elles n'en étaient pas sûres, ne les ayant jamais vu émerger ; il se pouvait aussi que cela ait pour but l'une de ces immenses tours, mais elles n'avaient jamais rien constaté dans ce sens.

Les jeunes femmes se contentaient d'être à l'abri, de survivre, d'être nourries par l'atmosphère interne des cylindres sans chercher à comprendre, d'autant qu'il ne leur restait rien d'autre à faire. S'éloigner, quitter le Pays des Tours leur apparaissait comme une aventure absurde et au-dessus de leurs forces. Rencontrer d'autres ergrimks ? C'était incertain et trop aléatoire... Alors elles acceptaient leur sort si fragile. Elles changeaient de cylindre très souvent cependant ; de la sorte, elles avaient l'occasion d'avancer dans la ville étrange.

Les nuits étaient calmes et douces dans les alvéoles et infiniment reposantes. C'est au cours d'une de ces nuits toutefois que Mandine constata quelque chose de bizarre. Elles reposaient toutes deux dans deux alvéoles voisines, à mi-hauteur d'un cylindre central. Mandine était mollement étendue sur le dos et rêvait des paysages de beauté et de bonheur.

Soudain elle se réveilla en sursaut. Inquiète sans savoir pourquoi, elle regarda autour d'elle. Il n'y avait rien pourtant qui soit susceptible de l'alarmer. Tout était sans changement, monotone à force de continuité et d'uniformité. Elle était dans son alvéole baignée comme à l'accoutumée par la douce lumière verte euphorisante et énergisante, relaxante et tranquillisante. En haut, le ciel bleu des constellations de Dena. En bas, le vide. Personne.

Elle écouta la nuit. De l'alvéole supérieure lui parvenait la respiration calme et tranquille d'Eeina qui dormait.

Pourtant cette angoisse tout d'un coup... Ce serrement au cœur... Cette impression bizarre... Elle se rappela certaines paroles de Kolok... électivement.../

Et soudain elle eut peur. Sa gorge se noua et son cœur se mit à battre à tout rompre dans sa poitrine.

Elle n'était pas seule dans l'alvéole !...

Elle se tassa tout au fond dans un geste instinctif. Elle ne se sentait pas seule dans cette chambre interne. C'était indéfinissable, mais c'était pourtant assez intense pour qu'elle le ressente avec acuité et que cela l'effraye. Quelqu'un partageait sa cellule avec elle. Il y avait quelqu'un... ou quelque chose... là... près d'elle...

Pourtant nul souffle, nul bruit de respiration ou de « vivant ». Mais une terrible impression de *présence*.

C'était cela... Une présence... Une impression de présence... Les mots de Kolok lui revinrent à l'esprit : « Des êtres ni invisibles, ni visibles : des *présences*... »

C'était atroce. Elle éprouvait presque physiquement maintenant cette proximité de quelqu'un de vivant ; une proximité de psychisme, sinon d'organicité.

Elle ne pouvait se l'expliquer mais cela devenait intolérable. Elle eut envie de crier, de hurler...

Peut-être les alvéoles étaient-elles pleines de ces êtres, de ces *présences* ?...

Et tout d'un coup, elle eut la sensation horrible d'une énorme masse chaude et pleine qui s'appuyait sur elle, sur tout son corps. Elle hurla...

Tout s'évanouit alors. Et la perception de *présence*, et celle, physique, d'une masse qui l'aurait repoussée.

Mandine resta haletante et terrorisée dans le fond de sa cellule. Elle vit Eeina descendre dans l'espace et s'arrêter devant elle, effrayée elle aussi.

— Qu'est-ce que c'est ? Que se passe-t-il ? C'est vous qui avez crié ?...

— Oh !... J'ai dû faire un mauvais rêve !... Un cauchemar... C'était atroce !... Venez, restons ensemble !... Ne me quittez pas... J'ai eu si peur...

— Mais qu'est-ce que c'était ? Qu'avez-vous constaté ?

En quelques mots, Mandine mit la fille verte au courant de ce qui venait de lui arriver. Eeina resta dans l'alvéole de Mandine et l'une contre l'autre, effrayées malgré la lumière bienfaisante, elles ne purent retrouver le sommeil.

Deux jours plus tard, cet incident était presque oublié et les deux jeunes femmes étaient parvenues à l'autre extrémité de la ville des Tours, par là même

où était arrivée Eeina. Une immense plaine de
porphyre rouge parsemée de blocs rocheux s'étendait
sous leurs yeux.

— C'est désolé et sinistre, dit l'Opalienne. J'ai
traversé cette contrée pendant des jours et des jours.
Ça n'a rien de séduisant.

A la requête de Mandine, elles s'aventurèrent avec
prudence dans cette étrange contrée et marchèrent
sur un sol pierreux, cristallin par moments, et entre
ces rocs de couleur cramoisie ou sanglants.

Bientôt elles perdirent de vue le Pays des Tours.

— Il ne faudrait pas aller trop loin, conseilla
Eeina.

— De toute façon, nous ne pouvons pas nous
perdre. La mer est de ce côté, et en suivant le rivage
nous reviendrons à notre point de départ. J'aurais
aimé découvrir ces fameuses baies, ces grappes de
Dena qui sont si délectables... J'avoue que je ne
voudrais pas retourner dans la plaine des kloborhs et
que les tours me font un peu peur...

— Il n'y a rien dans ce pays rouge qui ressemble à
ce que vous m'avez décrit. Je m'en serais aperçue.

Elles étaient sur le point de rebrousser chemin
lorsqu'elles constatèrent un phénomène nouveau.

Un vent léger soufflait et caressait leur visage et
elles s'apprêtaient à tourner les talons lorsque l'attention de Mandine fut attirée par un objet céleste.

— Oh! regardez!... Là-bas...

Eeina suivit la direction indiquée par le doigt de la
jeune Antorienne. Effectivement, il y avait, suspendu en l'air, quelque chose de pas commun.

C'était comme une ligne rose qui dérivait lentement au-dessus de l'horizon.

— C'est curieux, dit Mandine. Qu'est-ce que cela peut bien être ?

— Cela flotte doucement... Un être volant ?...

— Non... Pas un être... Plutôt un objet... Et cela se déplace lentement, très lentement...

Il y eut bientôt une autre ligne rose bien visible, puis encore une autre et bientôt des dizaines de choses volantes ou flottantes emplirent l'espace, au loin, comme des bancs de coraux.

Cela venait des lointains de la Contrée Rouge et semblait se diriger vers elles.

— Vous n'aviez rien vu de semblable au cours de la traversée de ce désert ?

— Non, fit Eeina. C'est vraiment curieux.

Cela s'approchait, et, au fur et à mesure, elles étaient mieux à même de distinguer ces étranges choses. C'étaient comme des bancs de mousse, rose ou argentée, ou légèrement bleutée. Situés à différentes hauteurs, entre cinquante et cent mètres. Ces îlots de végétation approchaient du site où se trouvaient les deux jeunes femmes et dévoilaient petit à petit les détails de leur richesse et de leur luxuriance.

Qu'on imagine de grandes plaques de mousse irrégulièrement découpées dont certaines vraiment gigantesques, et, croulant au-dessous, des végétaux pleureurs, des lianes entrecroisées, des traînées de feuillages argenté, ou rosé, ou bleuté..., des théories de feuilles rondes qui tremblaient au soleil ardent. Au-dessus de ces bancs de mousse, ce n'était qu'entrelacement de racines et de radicelles en un réseau confus et brunâtre d'entrecroisements et d'anastomoses.

Elles furent bientôt entourées de ce paysage « inverse » et de cette profusion de feuilles, de tiges, de lianes qui pendaient, verticales, de leurs îlots de l'espace...

Et ces végétaux pleureurs dégageaient de merveilleuses senteurs et les feuilles rondes, ovales, menues, larges, tremblaient et scintillaient avec des reflets d'argent...

Une quiétude extraordinaire s'exhalait de cette végétation où se mêlaient çà et là des fleurs bleutées comme des étoiles. De longues lianes porteuses d'une profusion de feuillage rosé se balançaient mollement et allaient jusqu'à les caresser. Les îlots agravitationels s'étaient immobilisés maintenant. Des fleurs myosotis entrouvraient leur corolle vers les deux êtres étrangers à Dena et semblaient en prendre conscience.

— C'est merveilleux, dit Mandine. Dena ne recèle pas que de mauvaises choses...

— C'est un paysage à l'envers, murmura Eeina.

Et elles retardèrent leur départ, toutes imprégnées de ce paysage plein d'une beauté tranquille.

Puis il y eut encore du nouveau, en ce sens que le ciel se couvrit. Et ça aussi, c'était la première fois que cela se produisait depuis qu'elles étaient sur Dena l'une et l'autre.

C'était une sorte de nappe grise au bord festonné qui envahissait le firmament. Une nappe ou un voile qui recouvrait le ciel et cachait l'azur de l'espace ainsi que le soleil géant s'approchant de l'horizon.

Puis il se mit à tomber, légèrement, de cette grisaille un peu rosée, comme des bulles de savon... Des myriades et des myriades de petites bulles transparentes, irisées de mille couleurs, tremblotantes, se mirent à emplir l'espace autour d'elles.

Elles descendaient, cherchant leur chemin, se heurtant les unes aux autres, virevoltant, faisant un poudroiement extraordinaire, s'insinuant entre les végétaux pleureurs, se posant sur les cheveux des jeunes femmes, glissant dans l'air soyeux et se posant par milliers, doucement, sur le sol rougeâtre où elles persistaient.

— Est-ce la pluie de Dena ? murmura Mandine. C'est très joli. Mais quelle drôle de pluie...

De petites bulles se posaient sur leurs épaules, leurs bras et leur contact était léger... léger... comme un duvet.

Au sol, cela s'amoncelait ; elles n'éclataient pas et réalisaient un relief transparent et irisé.

Mandine souffla et des dizaines de bulles voltigèrent.

Puis les nuages se déchirèrent et le soleil envoya des rayons ardents sur ce paysage d'un autre monde.

Alors deux arcs-en-ciel gigantesques, en relief, apparurent face à lui. Deux arcs-en-ciel superposés et d'ordre inverse, mais en vrai relief, comme des colonnes de couleur pure, enjambant l'horizon de porphyre rouge, là-bas...

CHAPITRE XI

Les deux jeunes femmes s'étaient arrachées à cette féerie et avaient repris le chemin du retour. Elles arrivèrent bientôt en vue des cylindres qui se dressaient contre un vaste ciel pourpre. Elles avaient hâte de se retrouver dans leur abri habituel où elles se sentaient paradoxalement protégées. C'est peu avant de couvrir les derniers arpents du terrain de plus en plus envahi de grands rochers que leur attention fut attirée par un bruit insolite.

— Vous avez entendu ? dit Mandine en s'immobilisant brusquement.

Eeina arrivait derrière elle un peu essoufflée.

— Oui... Qu'est-ce que c'est ? On aurait dit des cailloux qui roulent.

— Ou quelqu'un qui se dissimule... Les rochers sont assez nombreux et capables de cacher des créatures vivantes...

— Vous croyez ? Pourtant je n'ai rencontré absolument personne.

— Vous n'aviez pas vu les phénomènes auxquels nous venons d'assister non plus. Je crois que la Contrée Rouge est pleine de surprises.

A nouveau, un bruit. Elles tendirent l'oreille.

— C'est net cette fois. Comme quelqu'un qui trébuche sur une aspérité ou sur une pierre.

Eeina regardait autour d'elle avec anxiété. Il faisait de plus en plus sombre. Un crépuscule cramoisi ensanglantait l'horizon et l'ombre rouge rendait plus sinistre encore cette région. Les cylindres n'étaient pas loin, luisants de tous les reflets du couchant.

— En courant nous pourrions atteindre les premières tours.

— Mais pourquoi ? Que craignez-vous ?

— Je ne sais pas... Il y a certainement quelqu'un derrière ces rochers... Quelqu'un qui nous observe...

Comme pour leur donner raison, un autre bruit se fit entendre. Derrière un gros bloc de porphyre... Puis un autre... et encore un autre...

— Il n'y a pas de doute, dit Mandine avec une altération dans la voix. Je crois même que nous sommes cernées...

Eeina était tout près de Mandine, comme pour chercher protection. Les deux jeunes femmes, apeurées tout d'un coup, étaient au centre d'une sorte de clairière, d'une zone dégagée, et entourée d'immenses rochers rougeâtres aux formes étranges, menaçantes, biscornues. Et leur immobilité de pierre était plus impressionnante encore dans le soir incendié.

— Qui êtes-vous ? cria Mandine d'une voix forte. Nous vous avons entendus... Nous savons que vous vous cachez derrière les rochers... Que voulez-vous ?

Un terrible silence s'ensuivit.

Eeina prit le bras de la jeune Maudinienne et sa main se crispa. Leur regard faisait le tour de ce décor hiératique et figé. Était-ce une erreur de leurs sens abusés ?... Il leur semblait maintenant que c'étaient les pierres qui les observaient.

— Allons-nous-en, murmura Mandine. Il y a une trouée, passons par là. En courant aussi vite que nous pourrons, nous avons une chance de rejoindre les tours... Et si quelqu'un nous suit, il se démasquera.

Mettant cette idée à exécution, elles s'enfuirent brusquement par la trouée indiquée par Mandine. Elles firent quelques dizaines de mètres sans être inquiétées, sans qu'il se passe rien, mais soudain des grognements atroces retentirent derrière elles.

Elles n'auraient pas été des femmes si elles ne s'étaient pas retournées. Et c'est ainsi qu'elles virent *ce* qui les suivait. Pétrifiées sur place, elles n'eurent même pas le temps de hurler.

Deux, puis trois, puis six gnomes informes étaient sortis de derrière les rochers, et, leurs mains ballantes touchant presque à terre, ils contemplaient les jeunes femmes avec un rictus simiesque et sauvage.

Un mètre de haut environ, une tête bestiale, énorme, prognathe, avec de petits yeux cruels et des babines retroussées, pas de sexe, pieds nus, ils étaient horribles et repoussants. Leur faciès était hideux : à la place du visage, une énorme boursouflure en chou-fleur, lépreuse, comme un cancer qui les rongeait par plaques verdâtres ou nacrées.

Ils devenaient de plus en plus nombreux.

Ces êtres proféraient des cris gutturaux et des sortes de grognements. Ils semblaient se concerter et s'interpeller.

Mandine dans son effroi tendit l'oreille et comprit

ce qu'ils disaient. Il était évident que le peuple des Oogrowlks s'intéressait aux jeunes femmes non par curiosité, mais parce qu'ils les considéraient comme de tendres proies. C'étaient des buveurs de sang.

— Je comprends ce que vous dites... Que voulez-vous ? cria Mandine dans leur langage.

Aussitôt ils parurent interloqués et se regroupèrent. Il y en avait bien une trentaine en tout, environ. Ils étaient vraiment répugnants et les regards de convoitise qu'ils lançaient vers les jeunes femmes plus mortes que vives étaient alarmants au plus haut point.

L'un d'entre eux, à la peau rose saumon, après quelques palabres, s'approcha d'elles tandis que les autres se formaient en demi-cercle, comme des loups.

— Qui êtes-vous pour parler notre langage ? aboya-t-il. D'où venez-vous ? En principe, il n'y a personne ici qui soit capable de nous comprendre et de nous répondre. Nous sommes les Oogrowlks...

Mandine essaya de bluffer.

— Nous comprenons et parlons votre langage parce que nous sommes tout-puissants et nous pouvons vous détruire, uniquement avec ce que nous portons à notre ceinture. Nous ne faisons pas partie de ce monde, de cette planète ; nous venons d'une étoile dans le ciel parmi celles que vous voyez briller la nuit.

L'autre resta sidéré pendant un instant, puis :

— Planète ? Étoile ?... Vous voulez dire que vous ne vivez pas dans cette région ?

Eeina se serrait contre Mandine.

— Oui, c'est quelque chose comme ça.

Ça allait être rien moins que difficile mais elle gagnait du temps. Elle comptait sur l'effet produit par la compréhension de leur langage. Quant à Eeina évidemment, elle était stupéfaite des prouesses de Mandine.

L'Oogrowlk s'avança encore. Une odeur pestilentielle l'entourait.

— Nous ne vivons pas sur cette terre, mais nous habitons là-haut, dans le ciel, dans une de ces petites étoiles qui brillent la nuit. Est-ce que vous pouvez comprendre cela ?

L'Oogrowlk secoua la tête et grogna. Ce fut intraduisible. Les autres s'approchaient par petits bonds, en poussant des sortes de jappements.

— Étoiles ? Ciel ?... répéta le chef de l'horrible tribu de « djinns ». Acr pense que tu mens... Avez-vous déjà vécu chez des Oogrowlks ?

— Non, répondit Mandine en secouant la tête. Jamais. Mais nous pouvons comprendre et parler tous les langages de l'Univers.

— Univers ?

Acr eut un sourire bestial et ses affreuses babines se retroussèrent.

— Oui, nous sommes « tombées » sur cette région. De là-haut. Et nous habitons maintenant dans les tours.

Il y eut un grand silence.

Une lueur d'effroi passa dans les yeux de toute la troupe. Instinctivement ils reculaient maintenant.

Acr fit un pas en arrière.

— Vous voulez dire que vous êtes ceux qui vivez dans le Pays des Tours ?

— C'est bien cela.

— Qui nous le prouve ?

— Laissez-nous y aller, vous verrez bien.

Un silence. Le crépuscule était sinistre.

— Vous pouvez rentrer et sortir des tours ?

— Oui, bien sûr.

— Vous vivez dans les alvéoles ?

— Oui.

— Et vous avez pu sortir, et venir jusqu'ici ?

Acr se retourna vers les siens qui donnaient des signes de la plus vive inquiétude. Ils se concertèrent encore pendant un moment puis s'enfuirent sans demander leur reste, par bonds grotesques en poussant des cris d'effroi. Ils se dispersèrent parmi les rochers et disparurent en quelques secondes.

Eeina et Mandine se regardèrent avec un soupir de soulagement.

— Que leur avez-vous dit ? Je n'ai rien compris.

— Simplement que nous vivions dans les tours et que nous pouvions y entrer et en sortir librement ; et aussi que nous habitions dans les alvéoles.

— Cela a suffi à les épouvanter et à les mettre en fuite ?

— Vous l'avez vu comme moi.

Mandine riva ses grands yeux clairs dans ceux d'Eeina.

— Il doit se passer quelque chose de bien terrible dans ces cylindres, dit-elle. Sommes-nous privilégiées, ou bien...

Eeina frissonna.

Elles reprirent cependant le chemin des tours de métal.

CHAPITRE XII

Mandine et Eeina dématérialisèrent une porte dans le premier cylindre qui se présenta à elles et reçurent l'apport énergetico-dynamique bienfaisant de l'espace interne. Puis, les mains sur les hanches pour ne pas perdre l'équilibre, les jambes écartées, elles montèrent jusqu'à des alvéoles situées à mi-hauteur. Une fois arrivées à destination, elles s'installèrent l'une en face de l'autre, de façon diamétralement opposée et Mandine médita sur tout ce qui venait de se passer.

Quel maléfice, quelle malédiction pesait sur le Pays des Tours ? Quel incroyable danger couraient-elles qui faisait fuir tout ce qui était créature organisée, être vivant sur la surface de Dena ? Quel danger terrible auquel elles ne croyaient presque plus, puisqu'elles n'étaient pas loin d'estimer qu'elles avaient trouvé là un refuge ?... De toute façon, elles étaient à l'abri de la faim et de la soif, et c'était primordial. Ce danger les concernait-elles ? N'y échapperaient-elles pas ? N'étaient-elles pas, somme toute, considérées comme des hôtes puisqu'elles ne faisaient pas partie de ce monde ? En bref, n'étaient-elles pas privilégiées et protégées ?... Mandine se posait sans cesse toutes ces questions et elle ne pouvait y répondre. Elle se demandait également en cherchant une position agréable et confortable, paresseusement allongée, si leurs sens n'étaient pas légèrement émoussés, si leur estimation du danger n'était pas volontairement « amoindrie »... Il était hors de question qu'elles se mettent à la recherche d'un ergrimk — c'étaient des solitaires avait dit Kolok — ou en quête de trouver l'endroit où il allait chercher les grappes nutritives. En fait, ce qu'elle ignorait, c'est que la forêt de delta était située aux antipodes du lieu où elle avait rencontré l'ergrimk et que celui-ci utilisait son pouvoir de distorsion de l'espace-temps. Oui, elle ignorait tout cela et l'animal ne lui en avait pas dévoilé un traître mot.

Il était évident que pour toutes ces raisons, elles ne pouvaient envisager pour l'instant d'abandonner le Pays des Tours, ce terrible et fantastique rassemblement de cylindres dont la seule évocation faisait fuir tout le monde et où, pourtant, elles étaient si bien...

Elle poussa un soupir et s'endormit d'un sommeil « protégé ». Ou qui, en définitive, apparaissait comme tel.

Le lendemain matin, elles étaient allées toutes deux au bord des flots empoisonnés et avaient contemplé longuement cette mer grise, gris de fer, anthracite, qui gémissait, murmurait ou mugissait selon son humeur. Cette eau dans laquelle vivaient des créatures absolument fantastiques et dont Mandine n'avait vu qu'un ou deux échantillons.

— Quel dommage, avait soupiré Eeina, quel dom-

mage que nous ne puissions profiter de cette eau...
Ce serait délicieux de pouvoir se baigner. N'y a-t-il
pas d'autre source liquide sur cette planète ? Cela
paraît bien impossible...

— Nous n'avons toujours pas le temps de chercher. J'ai rencontré au début une sorte de ruisseau
phosphorescent qui se jetait dans un gouffre plein
d'une lumière rouge et aveuglante. Kolok avait
prétendu que c'était également très dangereux, qu'il
ne fallait pas s'approcher de tels sites et qu'ils étaient
en rapport avec le Pays des Tours. Je ne sais pas quel
rapport car il n'aimait pas aborder ce sujet.

— Kolok avait peut-être cent fois raison. Et nous
devrions avoir le courage de nous en aller...

Elles étaient revenues, désenchantées, incapables
de prendre la moindre décision et avaient erré parmi
les Tours sur le sol plat et métallique. Les journées
étaient longues et l'inaction finissait par leur peser
terriblement. Auraient-elles réellement le courage de
réagir et de fuir ce qui leur semblait être un havre, un
asile, un refuge ?

Ce soir-là un incident retint leur attention. Lorsqu'elles pénétrèrent dans l'un des grands cylindres de
leur choix et qu'elles furent rechargées « automatiquement » par les champs qui y régnaient, lorsqu'elles s'élevèrent par la force de leur volonté, elles
constatèrent l'existence d'une sorte de poussière dans
certaines alvéoles. Une fine poussière grise qui
recouvrait le sol de certaines cellules.

Mandine stoppa dans son ascension et examina de
plus près le phénomène. Elle tendit la main, se baissa
en avant et toucha ce dépôt pulvérulent.

— C'est curieux, dit-elle. D'où cela vient-il ? On dirait de la très fine limaille de fer... Très, très fine...

Eeina toucha à son tour et souffla. Cela fit un petit nuage.

— Cette poussière n'existe pas dans toutes les alvéoles, dit encore Mandine. Ce n'est pas généralisé.

Elles visitèrent le cylindre, entièrement, de haut jusqu'en bas. Elles constatèrent l'existence de cet étrange dépôt dans près de cinquante pour cent des niches de l'édifice. C'était incompréhensible et inexplicable. Comme d'ailleurs tout ce qui leur arrivait. Comme tout ce qui se passait sur Dena.

— En l'absence d'explication valable, conclut Mandine redescendant gracieusement des étages supérieurs suivie par la fille verte, je propose que nous occupions des chambres qui ne présentent pas cette anomalie. Peut-être s'est-il passé quelque chose au cours de la journée...

Le lendemain toute trace de poussière avait entièrement disparu. Elles se perdirent en conjectures.

Le soir de ce jour-là, qui se passa comme les autres dans l'inaction la plus complète et le désœuvrement, elles s'étaient attardées plus que de coutume entre les immenses cylindres et s'étaient laissées surprendre par la nuit bleue de Dena, cette merveilleuse nuit presque lumineuse dont la douce clarté céruléenne semblait une propriété de l'air lui-même.

Elles rêvassaient tristement sur leur sort, peut-être résignées à tout ce qui pouvait survenir ultérieurement, peut-être sacrifiées à on ne sait quel Moloch invisible et omniprésent, commençant en tout cas à perdre espoir, lorsque se produisit encore l'une de ces insolites processions auxquelles elles avaient déjà assisté à plusieurs reprises sans trop oser intervenir.

— Regardez! fit tout d'un coup Mandine en sortant de l'espèce de léthargie dans laquelle l'avait plongé sa rêverie.

Là-bas, sur la grève, des dizaines et des dizaines de lumières tremblotantes s'avançaient... La procession serpentait lentement dans la douce pénombre lavande, dizaine et dizaine de petites flammes phosphorescentes.

Qu'est-ce que c'était? Quel était donc ce phénomène mystérieux qui se reproduisait épisodiquement, de façon cyclique?

Au bout d'un certain laps de temps, cela ne fut plus qu'à quelques mètres d'elles.

Elles se tenaient au pied d'une immense tour et la chenille lumineuse semblait bien l'avoir prise pour but ultime. Elles décidèrent sans se consulter de ne pas bouger et de rester très exactement à leur place. Il fallait absolument vérifier, voir ce qu'il en était exactement, et il semblait qu'enfin l'occasion leur en soit donnée.

Les petites flammes triangulaires, verdâtres et bleutées, comme des feux follets, se tenant seules dans l'espace à un mètre cinquante du sol environ, en file indienne, venaient bien vers l'édifice.

Poursuivant leur périple, les flammes passèrent devant elles ; Mandine et Eeina regardaient avec une curiosité exacerbée cet étrange serpent de lumière suspendue qui ondulait de la grève jusqu'à la tour. Et il n'y avait rien, rien ni personne. Rien de visible en dessous...

La procession s'immobilisa lorsque la première lueur verte fut au pied du cylindre. De la tête à la queue, toutes stoppèrent, et elles restèrent là à osciller doucement dans un vent imaginaire.

Tout d'un coup une issue se dématérialisa. Exactement comme pour laisser le passage aux deux jeunes femmes. C'était une ouverture de la même dimension, ce qui ne laissa pas de les intriguer davantage.

— Vous avez vu, Eeina ? dit Mandine en un souffle. Les issues qui se créent sont de la même hauteur que pour nous. Si c'étaient pour des flammes seulement, un petit orifice aurait suffi...

— Vous croyez que le mécanisme d'ouverture n'est pas standardisé ?

— Je n'en sais rien. Qui peut le dire ? Qui peut donner une explication valable à ce qui se passe ici ? Est-ce que ces flammes sont « intelligentes » ? Sont-elles une forme de vie ? Ou bien sont-elles tenues, portées par des créatures invisibles ?...

— On entendrait quelque chose... Des respirations, des bruits de pas, des paroles peut-être...

— Jusqu'à plus ample informé, je préfère croire que les dématérialisations se font à la demande et qu'il ne se produit pas d'ouverture standard.

— C'est pourtant inimaginable.

L'ouverture ainsi créée, les petites flammes se mirent à pénétrer dans le cylindre, avançant lentement, « au pas de l'homme » semblait-il. Et c'était une étrange chose de voir ainsi s'engouffrer dans l'orifice du cylindre des lueurs... Rien que des lueurs... Et, de la sorte, une par une, elles disparurent dans l'édifice de métal.

Ce n'est que lorsque la dernière eut disparu que Mandine se présenta sur le seuil et « voulut » que celui-ci resta ouvert. Alors elles pénétrèrent à leur tour dans l'intérieur du cylindre.

Et voici ce qu'elles virent en levant la tête : de bas en haut, les flammes s'enroulaient en spirale comme des oiseaux lumineux et montaient lentement dans la cheminée géante qu'était la construction métallique. Elles montaient lentement en décrivant des volutes serrées.

— Je l'aurais parié, murmura Mandine. Attendons la suite.

— Vous avez une idée ?

— Bien sûr. Ce ne sera pas une explication logique de toute façon, mais une première constatation.

Déjà les premières flammes atteignaient le sommet tandis qu'au-dessous la procession déroulait ses gracieuses arabesques...

Alors, de haut en bas, comme une troupe bien organisée et obéissante, comme si elle répondait à un signal donné, la spirale se scinda en plusieurs tronçons et se regroupa en anneaux. Autant d'anneaux lumineux qu'il y avait d'étages. Et autant de flammes que de cellules.

Les anneaux tournèrent pendant quelques instants sur eux-mêmes, lentement, comme s'ils étaient en attente, puis, également avec ensemble, comme s'ils répondaient encore à un signal mystérieux, ils se disloquèrent et chaque petite flamme gagna l'intérieur d'une alvéole. Et tout s'éteignit.

Les deux jeunes femmes en restèrent muettes de saisissement.

— Vous avez vu ? demanda Mandine, et ses yeux lilas clair exprimaient l'incertitude et l'anxiété.

Un silence.

— Vous avez vu ? reprit-elle. C'est extraordinaire. Chaque alvéole est « habitée ». Il y a exactement une flamme pour chaque réduit. Une fois tout éteint, ces niches paraissent vides alors qu'il y a un extraordinaire occupant.

Eeina frissonna à cette évocation.

— C'est-à-dire, enchaîna-t-elle, que, peut-être, dans les cellules que nous pensions vides et que nous avons habitées, il y avait quelqu'un...

Mandine se remémorait avec terreur l'impression de terrible présence qu'elle avait ressenti une nuit. L'impression de masse qui l'avait écrasée et repoussée au fond de l'alcôve.

— Venez, dit-elle.

Et elle s'élança dans la lumière du cylindre. Eeina la suivit avec une angoisse grandissante.

Elles montèrent toutes deux le long des parois, les mains sur les hanches et les jambes écartées. Elles avaient l'habitude maintenant de cette insolite ascension pyscho-énergétique.

Les alvéoles défilaient devant leurs yeux, baignant dans la douce clarté verte. Et elles purent constater qu'il n'y avait personne. Absolument personne. Ou en tout cas qu'il ne paraissait y avoir personne.

Elles parvinrent jusqu'au sommet. Puis, ayant vérifié *de visu* l'absence totale d'occupants — en apparence — à l'intérieur des cellules, elles redescendirent. Revinrent à leur point de départ, c'est-à-dire au sol.

— Que faisons-nous ? demanda Eeina. Il n'est pas suffisant de vérifier qu'il n'y a personne de visible, il faut s'en assurer physiquement.

— C'est ce que je pensais, murmura Mandine.

— N'est-ce pas dangereux ?

— Peut-être. Tout n'est-il pas dangereux ici ? Vous avez raison, il faut s'assurer physiquement de la présence ou non d'un être ou d'une créature matérielle dans quelques-unes de ces niches.

— C'est-à-dire qu'il nous faut y pénétrer ?

— Oui, c'est ce que je voulais dire.

C'était la logique même, mais c'était effrayant. Elles savaient maintenant que ces réduits étaient occupés. Aller y loger à leur tour en même temps pour vérifier leurs craintes était presque au-dessus de leurs forces.

— Allons-y, décida Mandine. Nous verrons bien.

Elle s'éleva à nouveau dans les airs suivie d'Eeina, à une certaine distance. Le cœur de Mandine battait à tout rompre dans sa poitrine lorsqu'elle arriva devant une alvéole de son choix. Elle stoppa.

Eeina vint près d'elle doucement.

Toutes deux regardèrent à l'intérieur de la cellule.

CHAPITRE XIII

Mandine tenta le tout pour le tout.

« Après tout, pensait-elle, nous avons peut-être fait le même geste de nombreuses fois sans nous rendre compte le moins du monde de ce qui se passait exactement... »

Elle pénétra délibérément à l'intérieur de l'alvéole tandis qu'Eeina la regardait faire, effrayée.

Rien ne s'opposa à son geste, à la prise de possession de la cellule. Elle pénétra dans l'alcôve métallique sans percevoir la moindre présence matérielle. Celle-là semblait absolument vide.

Étonnée, elle resta droite sur le sol légèrement concave et se retourna. Regarda Eeina d'un air d'incrédulité.

— Personne, dit-elle. C'est comme s'il n'y avait personne. Pourtant nous avons bien vu...

— Oui, mais ce n'étaient que des lueurs après tout. Rien que des lueurs...

Mandine explora tout l'espace du réduit cellulaire, mais en vain.

— Que faisons-nous ? demanda Eeina.

Elles examinèrent encore bon nombre de cellules,

mais c'était partout la même chose : les niches paraissaient absolument vides.

C'est à peine si elles se rappelaient avoir vu des lueurs tremblotantes en prendre possession, puis s'éteindre.

— Il est probable, dit Mandine, que ce phénomène s'est déjà produit plusieurs fois mais que nous ne nous en sommes jamais rendu compte et que nous avons séjourné, et dormi, dans des cellules où ce genre de lueurs s'étaient déjà réfugiées... Et que cela ne correspond à rien de précis, rien de vivant... Peut-être est-ce quelque chose intéressant la « physiologie » du cylindre ?... Son « métabolisme », son « fonctionnement interne » ?...

Pourtant c'est à peine si elle croyait ce qu'elle disait.

— Où allons-nous passer la nuit ?

— Peu importe, dit Mandine. Nous n'avons qu'à rester ici puisque c'est certainement la même chose partout ailleurs. Et ici au moins, nous avons la certitude qu'il y a du nouveau... Nous avons peut-être une chance d'assister à des événements particuliers...

— J'ai peur, dit Eeina.

— Moi aussi... Un peu, je l'avoue... Mais nous avons toujours dormi dans les mêmes conditions. Il faut... il vaut mieux rester ici, croyez-moi.

Finalement, Eeina se rangea à l'idée de Mandine et accepta de passer la nuit dans ce cylindre. Mais non sans une terrible anxiété.

Elles choisirent deux alvéoles diamétralemen opposées, de façon à ce qu'elles soient bien en vu l'une de l'autre et, avec beaucoup de répulsion, en prirent possession.

Mandine s'allongea et resta ainsi longtemps les yeux ouverts fixés au plafond ovalaire.

Elles ne trouvèrent pas le sommeil, est-il besoin de le dire, dans l'immédiat. Ce n'est que tard dans la nuit et peut-être sous l'influence de la fatigue, peut-être aussi grâce aux champs énergético-dynamiques qu'elles réussirent à s'endormir.

Le lendemain il ne s'était rien passé de particulier.

Il fallut attendre trois jours et trois nuits pour que surviennent les premières manifestations. Pour que les jeunes femmes se rendent compte que quelque chose d'anormal *était* dans les cellules avec elles.

Elles commençaient à s'habituer au fait que nulle autre présence que la leur n'existait dans la tour et elles en étaient presque rassurées lorsque cela se produisit.

Cette nuit-là, Mandine, comme cela lui était déjà arrivé, fut réveillée en sursaut. Sans raison semblait-il. Elle se dressa sur son séant et regarda autour d'elle.

Elle vérifia qu'Eeina, en face, reposait tranquillement et dormait à poings fermés.

La douce lumière verte imprégnait toujours l'intérieur. Le ciel rond, tout en haut, était noir et la poudre de diamants célestes mettait des taches lactescentes sur ce firmament d'un autre monde.

Il n'y avait rien si ce n'est cette sensation terrible, formidable, fantastique, de *présence*.

Il y a quelqu'un dans la cellule avec Mandine. Cela ne peut s'expliquer autrement.

Quelqu'un qui est là, en même temps qu'elle et qui occupe le réduit ; qui l'observe avec acuité ; dont elle sent l'existence obscure et impénétrable.

Mandine se met à genoux et s'assied sur ses talons. Elle est toute tremblante. Son cœur fait des bonds dans sa poitrine.

Qu'est-ce que c'est ?

Qu'est-ce que cela peut bien être ?

Ce n'est certes pas une erreur d'interprétation ou un phénomène subjectif. Ce n'est pas en elle, c'est *extérieur* à elle.

— Qui êtes-vous ? ose-t-elle murmurer en un souffle.

Elle attend, anxieuse, une réponse qui ne viendra pas. Elle attend pendant quelques instants qui lui semblent une éternité.

— Y a-t-il quelqu'un ici ? enchaîne-t-elle. Si vous me comprenez, répondez.

Mais rien ne lui parvient. Aucune réponse. Aucune manifestation autre que cette formidable sensation de *présence.*

Oui, ce ne peut être autre chose, ce à quoi faisait allusion Kolok. Des *présences* vivant dans la mer empoisonnée. Des présences ineffables et indicibles dont on ne pouvait se faire la moindre idée, au sujet desquelles on ne pouvait rien expliquer.

Décidément, ce qui se passe ici est effroyable. Elle se demande encore ce que peuvent représenter les lueurs… Elle ne comprends toujours pas. Ce sont des problèmes qui la dépassent, qui les dépassent toutes les deux.

Et tout d'un coup, à nouveau, l'impression qu'une

énorme masse la plaque, contre la paroi postérieure de la cellule.

C'est comme le contact d'un sac chaud et plein... C'est horrible... Elle hurle.

Claude Eridan appuya sur une touche de couleur bleue, immatérielle, de la console centrale de l'Entropie. Aussitôt des centaines de petits signaux lumineux et des abaques se mirent à clignoter éperdument sur un grand tableau mural.

L'Entropie, le super-vaisseau de Gremchka, fonçait dans l'espace sesqui-dimensionnel à la recherche de Mandine.

Mais ils avaient été prévenus très tard par Antoria. Arriveraient-ils à temps ?...

CHAPITRE XIV

L'*Entropie* fonçait à travers l'Univers et à travers les galaxies éparses, dans l'immensité infinie de l'espace et du cosmos, dans le ciel noir peuplé de ces molécules de lumière que sont les Amas Galactiques. le vaisseau de Gremchka volait au secours de Mandine, jeune sauvageonne originaire de Maudina ATR, et qui s'était révélée être une princesse du sang, dans l'Empire d'Antoria.

Claude Eridan volait au secours de Mandine, la Princesse des Étoiles.

Il était accompagné d'Arièle Béranger et de Gustave-Christophe Moreau, dit Gus. Les deux Terriens amis inséparables d'Eridan et qui après son fameux séjour sur Terre (1) avaient choisi de le suivre dans ses missions lointaines et de vivre avec lui sur Gremchka.

Arièle Béranger, la douce et blonde fille du professeur Georges Béranger, était la compagne d'Eridan. Gus le colosse au faciès simiesque, journaliste, était leur ami commun. Ils s'étaient tous deux

(1) Voir *La Tache noire*. Même auteur. même collection.

arrachés, en même temps qu'à la gravitation terrestre, à la routine et à la stagnation de la vie immobile terrienne. Et ils avaient vécu tous deux sur la merveilleuse et extraordinaire Gremchka, dans la capitale Aanor, ville hyperscientifique, et partagé les dangers et les joies des explorations intersidérales du jeune commandant de l'*Entropie*.

Il y avait aussi Assette le Dramalien, rescapé génétique et temporel d'une civilisation d'avant le Chaos intercyclique.

Eridan était debout au milieu de la salle de commande de l'*Entropie* dont la vitesse dans l'espace sesqui-dimensionnel était fantastique et défiait l'imagination. Il était athlétique et bien découplé, épaules larges, torse, bras et jambes bien musclés, la taille fine et bien prise dans la combinaison de drahr bleu des cosmonautes de Gremchka. Sur la poitrine, un écusson : la galaxie de forme régulière à laquelle appartenait Gremchka.

Sur la console centrale se trouvaient en relief d'innombrables touches de couleur, *immatérielles.* De chaque côté, foisonnaient, fourmillaient des milliers d'abaques, courbes, spirales en relief, et qui indiquaient l'état de la progression de l'*Entropie* dans l'Univers et l'état de tous les points internes du vaisseau, ainsi que les prévisions statistiques de route et de trajet. Plusieurs trajets possibles étaient à chaque instant étudiés et modifiés, informatiquement, en fonction des « obstacles éventuels » et des coordonnées variables temporo-spatiales.

Tout l'avant de leur niveau était transparent, en hémi-coupole, par arrangement spécial des molécules même de l'épaisse cloison du matériau spécial dont était fait l'*Entropie*. On voguait dans un immense océan noir au fond duquel brillait comme une gemme précieuse et géante, une galaxie régulière au noyau renflé et qu'on abordait par la tranche.

Plus loin, d'autres taches laiteuses et irrégulières : des galaxies encore plus lointaines.

La vitesse de l'*Entropie* était tellement grande qu'on voyait cette galaxie centrale dériver douce-ment. L'espace sesqui-dimensionnel découvert par les Gremchkiens était un subespace mais il avait ceci de particulier qu'il interférait avec leur espace-temps véritable.

Un gigantesque rocher plein de cratères passa en roulant au-dessous du vaisseau spatial, sa trajectoire étant contrôlée et déviée par les appareils de l'*Entro-pie*.

Arièle, blonde aux yeux noirs, cheveux mi-courts, traversa la salle de pilotage de sa démarche souple et altière. Vêtue également de la combinaison bleue des cosmonautes de Gremchka qui moulait étroitement ses formes sensuelles, elle s'approcha de Claude qui se retourna et lui sourit.

— Je me demande ce qui resterait de nous si cet énorme météore avait coupé notre trajectoire.

— Rien, dit Claude. De la poussière qui errerait indéfiniment dans l'Univers. Des protéines, des aci-des animés, du sesqui-oxyde d'hydrogène. Cela ferait une belle nébuleuse, un gaz qui persisterait ou non et qui ferait éventuellement réfléchir les astronautes d'autres mondes quant à son origine et à sa forma-tion.

— Peut-être, reprit Arièle d'une voix suave et douce, que la plupart des nébuleuses que nous rencontrons sont-elles des résidus de vaisseaux intersidéraux dont le système de détection et de défense n'a pas fonctionné.

— Peut-être, dit Claude en souriant. Mais on connaît l'origine de bon nombre d'entre elles.

Eridan suivait sur un écran spécial la fuite de l'objet intersidéral qu'ils avaient évité.

— Saurons-nous trouver dans cette sphère infinie qu'est la Création, l'endroit précis de l'accident du *Platinium* ?

— Je ne doute pas que nos appareils n'arrivent à nous conduire au but. Nous y parviendrons. Mais nous avons été prévenus très tard par les Antoriens. Le problème est : arriverons-nous à temps pour pouvoir faire quelque chose pour Mandine ? Que sera-t-elle devenue au bout de tout ce temps-là ? Quelles formes de vie aura-t-elle rencontrées ? Ne sera-t-elle pas morte de faim, de froid ou de peur ? Ou de toute autre chose ?...

— Ou tout simplement, grommela le géant Gus, n'est-elle pas déjà morte dans l'accident ? Nous ne savons rien sur ce qui est arrivé. Seulement que le *Platinium* est perdu corps et bien.

Assette le Dramalien qui s'était contenté d'écouter intervint à son tour :

— Il ne sert à rien de discourir, dit-il. Puisque l'expédition a été autorisée, c'est déjà merveilleux. Elle a été autorisée en fonction des liens qui nous unissaient à la jeune Mandine et le Grège (1) doit en être remercié. C'est un personnage extrêmement humain. Mais il a dû peser toutes les éventualités et il est possible qu'il ait accordé cette expédition pour rien..., pour l'honneur...

— Pauvre Mandine, proféra Gus. Son destin est vraiment torturé et tourmenté. Je m'en voudrais qu'il lui soit arrivé la moindre des choses.

— Il faut espérer, dit Arièle, contre toute espérance. Et croire que la Providence veille sur nous.

— Même dans le Cosmos ! grogna Gus.

— Pourquoi moins dans le Cosmos qu'en un point précis et minuscule que représente une planète ?

— Allons, dit Claude. Les forces mystérieuses qui président à la destinée des astres et des galaxies, et donc aux nôtres, nous seront favorables... comme par le passé.

— Pourquoi né pas appeler les choses par leur nom ? grommela encore Gus.

Eridan sourit.

La galaxie qui occupait le centre du noir firmament était devenue énorme et on pouvait distinguer sur son bord elliptique un infini poudroiement d'étoiles, de soleils, qui commençaient à s'individualiser.

Et, tout en même temps, les abaques et les sinusoïdes indiquaient que l'*Entropie* allait passer en dessous de cette galaxie et qu'il s'agissait d'Hyperon, de la taille d'Andromède approximativement, et du même âge.

(1) Grand Régent de l'Empire et des Galaxies Extérieures. Chef Suprême de Gremchka.

— D'ici à un millier de kelmes (1), annonça
Eridan. nous rejoindrons le trajet théorique du
vaisseau d'Antoria et le suivrons d'après les données
que nous ont envoyées les Antoriens. Nous devons
donc parcourir alors la même route que *Platinium*.
Par la suite, nous verrons bien. Il y aura évidemment
une part de recherches patientes et longues et une
part d'improvisation.

— Mais les Antoriens nous ont bien envoyé la
totalité du tracé théorique ainsi que les tracés réels ?
Nous avons donc le lieu exact de l'interruption ?...

— Oui et non, dit Claude. Ils n'ont pas les mêmes
façons de procéder que nous. Ce serait trop simple.
Une grande part est laissée à l'autonomie des astronautes.

— N'en est-il pas de même pour nous, Claude ?
demanda Arièle. Je me souviens de certaines missions où nous étions livrés à nous-mêmes et faisions
ce que bon nous semblait.

— Disons qu'il existe sur Gremchka une discipline
super-mathématique où l'imprévu lui-même est codi-
fié et suivi, et dans laquelle le hasard n'est même plus
le hasard.

— Tu ne sais pas où tu as mis les pieds, grommela
Gus. Le mieux est de ne pas discuter avec un
Gremchkien. Ils ont trop d'avance sur nous et ils
trouvent toujours le moyen de retomber sur leurs
pattes. Autrement dit, si tu décides de faire quelque
chose d'imprévu, c'est comme si c'était tout de même
inscrit à l'avance sur la programmation de la base ?

(1) Mesure relative et variable de temps et de distance
gremchkienne employée par leurs ordinateurs.

— Exact, dit Claude. Ce n'est pas si bête comme raisonnement. Disons pour être plus scientifique, que toutes les éventualités, je précise bien *toutes*, sont prévues par un département-ordinateur spécial.

L'*Entropie* fonçait dans un autre champ galactique maintenant, dont les unités étaient moins régulières, plus serrées en apparence les unes avec les autres. Ce n'est que bien après ces Galaxies Oméga qu'on pouvait espérer rejoindre la route théorique suivie par *Platinium*.

CHAPITRE XV

Eeina écarquillait de grands yeux. Mandine, absolument terrorisée, se levait et, comme une somnam-
bule, essayait de se rendre compte, les mains en
avant, cherchant partout autour d'elle. Mais *la chose*
avait disparu aussi vite qu'elle s'était manifestée. Il
n'y avait plus rien. Plus de sensation de présence,
plus de sensation de masse au contact chaud et
répugnant.

— Que s'est-il passé ? Que s'est-il passé ?... Que
vous est-il arrivé ?...

— Je ne sais pas... Cela s'est produit comme la
première fois. C'est horrible... Horrible...

Eeina, marchant sur la plate-forme invisible, vint
la rejoindre. Mandine était haletante.

— Je dormais tranquillement, dit-elle, lorsque
tout d'un coup j'ai été réveillée en sursaut. J'avais le
sentiment qu'il y avait quelqu'un dans mon alvéole,
que je n'étais pas seule, que quelque chose d'invisible
et de formidable m'observait. Puis j'ai senti une
énorme masse chaude qui s'appuyait sur tout mon
corps et me repoussait vers la paroi du fond. Je ne
comprends pas... je ne comprends pas...

Eeina la regardait de son étrange regard vert.

— Et cela a cessé aussitôt ?

— Cela a duré quelques secondes à peine… Puis plus rien, comme s'il ne s'était rien passé…

— C'est un phénomène bien angoissant, conclut Eeina.

— De toute façon, cela n'a pas l'air dangereux… Mais c'est bien angoissant en effet…

— Et nous ne pouvons pas nous en aller… Nous sommes prisonnières ici…

— Oui, dit Mandine. Prisonnières volontaires de cette ville et de tous ses maléfices…

Le lendemain soir elles se couchèrent avec une grande appréhension, mais elles restèrent fidèles au même cylindre. Leur comportement était peut-être anormal mais elles en acceptaient l'éventualité. Cette nuit-là, ce fut au tour d'Eeina de subir la même terrible épreuve. En plein milieu de la nuit, elle poussa un cri strident qui éveilla Mandine. Et lorsque cette dernière l'eut rejointe, elle décrivit exactement la même chose. La sensation effrayante de partager son habitat avec un « invisible » et la masse pesante, arrondie, chaude, énorme qui vous repoussait au fond de la cellule, ainsi que sa soudaine disparition.

Les jeunes femmes décidèrent de partager la même couche pour se donner du courage. Elles étaient au comble de l'incompréhension. Elles discutèrent fort avant dans la nuit et ne purent arriver à aucune conclusion logique.

Les nuits suivantes, elles changèrent de cylindre, mais cela se reproduisit à plusieurs reprises dans des alvéoles différentes, les surprenant toutes les deux, en même temps parfois. Puis il y eut une période assez calme au cours de laquelle elles purent dormir tranquilles et où le phénomène ne se manifesta plus. Alors elles reprenaient espoir et redevenaient calmes et apaisées.

Mais un fait nouveau intervint, toujours de façon nocturne, avec cette différence que cela ne les réveilla pas, ou pas complètement en tout cas. Vers le milieu de la nuit, c'est dans un demi-sommeil qu'elles se rendirent compte d'une nouvelle étrangeté « intracylindrique ». Pourquoi cela ne les tira-t-elles pas complètement de leur sommeil ? Elles n'auraient su le dire. Toujours est-il que dès le lendemain elles furent d'accord et unanimes sur le sujet.

Alors que d'habitude tout était parfaitement silencieux dans le cylindre et surtout entre le crépuscule et l'aube, elles reconnurent avoir surpris une atmosphère sonore des plus particulières.

Il y avait eu à l'intérieur du cylindre d'abord comme des crissements sur la nature desquels il était difficile de s'étendre. Encore une fois ni l'une ni l'autre n'avaient été entièrement éveillées. Mais c'est dans cet état intermédiaire, entre la veille et le sommeil, que cela les avait frappées. Ensuite, des craquements, des crissements le long de la paroi interne... Quelque chose qui glissait, qui chuintait, qui heurtait à plusieurs reprises un métal dur... L'idée et l'image qui leur vint à l'esprit en ce qui concernait ce dernier bruit fut celle d'un insecte monstrueux...

Un insecte, un hanneton monstrueux qui se serait cogné en aveugle aux parois de métal.

Puis le glissement avait repris, suivi d'une série de bruits de reptation et, par moments, il y avait eu comme un sifflement bizarre. Enfin, l'insecte monstrueux avait recommencé son vol fou, se jetant contre les parois...

Elles ne savaient pas ce que c'était. Cela était devenu plus intense, plus proche... Cela avait atteint leurs alvéoles et les avait même dépassées...

Puis il y avait eu une grande interruption suivie d'un long glissement... Et le silence s'était rétabli ainsi qu'un sommeil calme et profond.

Elles en discutèrent à perte de vue mais n'arrivèrent pas à se mettre d'accord sur ce que cela pouvait représenter même avec une imagination débordante. Quelque chose de rampant, ou de grimpant, ou de voletant était venu leur rendre visite cette nuit-là.

« On » avait visité le cylindre. Humanoïde, animal, objet, quelque chose ou quelqu'un avait pénétré dans la tour et avait visité, observé, examiné ce qu'il y avait à l'intérieur. Et les jeunes femmes avaient été tenues dans un état de demi-sommeil...

Elles se trouvaient maintenant sur la grève et une angoisse sourde étreignait leur cœur. Le ciel s'était couvert de cette curieuse nappe mince de nuages et les cheveux verts et les cheveux mauves des deux jeunes femmes voltigeaient dans le vent du large. Tout était gris sombre et gris de fer. La mer, le ciel, la plage, les tours qui luisaient faiblement derrière elles.

Elles marchaient le long de la grève du bout de

l'Univers. Une étrange amitié les unissait devant le danger, l'inexplicable, la mort... Elles, deux femmes en provenance de galaxies si lointaines l'une de l'autre... Elles marchaient en silence, attendant quelque formidable événement, devinant qu'il allait maintenant se passer quelque chose d'indicible et que l'épouvante allait peut-être s'abattre sur elles. Elles en avaient intuitivement la certitude, encore renforcée par le fait qu'elles se sentaient prises au terrible piège des tours. En effet, elles comprenaient que rien au monde n'aurait pu faire qu'elles décident de quitter, d'abandonner ce pays où elles étaient à l'abri de tout besoin.

Et tout d'un coup, elles s'immobilisèrent. Là-bas... une silhouette... humaine !...

Une silhouette argentée qui courait sur la grève, en titubant et en vacillant.

— Qu'est-ce que c'est ? fit Mandine atterrée.

— C'est... un des nôtres !... Quelqu'un de notre vaisseau !... C'est...

Un homme, au loin, leur faisait de grands gestes. Il était revêtu d'une combinaison argentée qui luisait dans la grisaille.

Il titubait véritablement, il levait les bras vers elles, puis tombait, se relevait, avait de la peine à marcher, à se tenir debout...

Les jeunes femmes se mirent à courir à sa rencontre. Selon toute apparence, le malheureux était à bout de forces et aux limites de l'épuisement physique. Lorsqu'elle fut plus près, Eeina le reconnut avec un immense bonheur.

— C'est Agraam !... le Créateur soit loué ! C'est mon frère... mon frère...

L'homme était à quelques mètres d'elles maintenant. Il était bâti en athlète ; son visage avait souffert, les traits tirés, le nez pincé, les yeux cernés, le regard fou... Il était très beau. Les cheveux en brosse, légèrement vert de carnation également...

— Eeina !... s'écria-t-il. Ma chérie...

Il resta un instant immobile. Regarda Mandine avec étonnement et admiration.

— Je... je..., balbutia-t-il.

Et il s'effondra à leurs pieds, de tout son long, inerte.

CHAPITRE XVI

Eeina enlaça son frère étendu sur le sable, en sanglotant, l'embrassant sur le front, les joues...

— Agraam... mon chéri... mon chéri... Agraam... je t'en prie... je t'en supplie...

Elle le couvrait de son corps en pleurant éperdument et de grosses larmes baignaient ses joues. Elle relevait sa tête et son bras et les laissait retomber. Agraam ne répondit plus à aucune incitation.

Mandine se baissa et prit Eeina avec douceur ; elle la fit se relever.

— Venez, Eeina, ce n'est pas la bonne solution... Agraam n'est pas mort, il n'est qu'évanoui. La faim et la fatigue... Il ne nous reste plus qu'une chose à faire.

Eeina leva vers Mandine son visage plein de larmes.

— Vous croyez ? dit-elle entre deux sanglots.

— Bien sûr... Il faut l'emmener avec nous jusqu'au cylindre le plus proche. Il avait la même ration de vivres que vous et il a tenu un grand nombre de jours supplémentaires. C'est une chance... Une vraie chance, un miracle qu'il ait été aussi résistant et qu'il soit parvenu jusqu'à nous… Allons, aidez-moi…

Agraam était lourd. A elles deux elles le tirèrent sur le sable, puis le portèrent en le tenant aux aisselles et aux pieds jusque vers les premières tours.

Agraam ne bougeait toujours pas et ne s'éveillait pas ; il était d'une pâleur mortelle et respirait faiblement.

Finalement, les jeunes femmes avec leur fardeau parvinrent jusqu'au pied de la première tour qui se présenta à elles. Elles firent se dématérialiser une issue et pénétrèrent à l'intérieur avec le frère d'Eeina. Lorsqu'il fut étendu sur le sol métallique et plat, elles respirèrent. L'effort avait été grand.

— Vous croyez qu'il va revenir à lui ?

La jeune Opalienne effaça les traces de larmes sur son visage. Elles regardaient l'homme étendu à leurs pieds. Presque sans vie semblait-il.

Au bout d'un long moment cependant, son teint se colora et il poussa un profond soupir. Puis il se mit à geindre doucement.

Mandine et Eeina attendirent, le cœur battant, que les champs énergético-dynamiques fassent leur effet.

Agraam bougea un bras. Puis il cessa de geindre et respira profondément. Il ouvrit les yeux. Regarda avec étonnement autour de lui. Voulut se mettre sur son séant. Les forces lui revenaient peu à peu. C'était très évident et très rapide eu égard à l'état dans lequel il se trouvait quelques instants auparavant.

Les deux jeunes femmes l'aidèrent et, péniblement, elles réussirent à le mettre debout. Il resta un instant appuyé sur l'épaule de sa sœur, puis, toujours respirant profondément, il se tint debout sans l'aide de personne.

Le pouvoir des champs qui régnaient en ces lieux était assez extraordinaire.

Agraam passa une main sur son visage. Il allait tout à fait bien maintenant. Il sourit à sa sœur, regarda Mandine et fut frappé par sa beauté ; son regard s'attarda sur les yeux de lilas clair de la jeune Maudinienne. Puis il revint vers sa sœur.

— C'est stupide, dit-il, stupide... je crois bien que j'ai failli mourir de faim et de soif. Je n'avais plus de vivres depuis des jours et des jours... Tu es en vie, Eeina ! Le Créateur soit loué !... C'est merveilleux... Et les autres ?

— Je n'en sais rien. Je me suis retrouvée seule... sur cette planète hostile et impitoyable... Je vous ai tous crus morts... Je t'ai cru mort, Agraam...

Ils s'embrassèrent fougueusement. Puis se libérant de son étreinte, Agraam se tourna vers Mandine.

— Je suppose que je vous dois la vie, et Eeina également ? Parlez-vous notre langue ?

— Oui, je parle votre langue mais vous ne me devez pas la vie, pas plus que votre sœur. Nous n'avons fait que vous emmener ici.

— Qui êtes-vous ?

— Mon nom est Mandine.

— Êtes-vous une habitante de ce monde ?

— Non... Je suis une naufragée de l'espace comme vous. Je viens d'une planète qui s'appelle Antoria. Je suis la seule survivante. Notre vaisseau a subi le même accident que le vôtre.

— Mandine ?... Antoria ?... Et vous parlez notre

langue ?... Il n'y a qu'un seul peuple dans l'Univers qui soit capable d'une telle prouesse... Je veux parler des Gremchkiens.

— Je suis une alliée et une amie des Gremchkiens. J'ai vécu sur ce monde fabuleux. J'ai été en effet polyconditionnée pour parler tous les langages de la Création...

— Vous êtes une alliée des Gremchkiens ! Mais nous avons une chance d'être sauvés alors... Ce sont les savants les plus puissants de tout l'Univers. Nous avons eu affaire à eux à trois reprises et nous leur portons une grande admiration. Ce sont des gens très sages et extrêmement évolués... Le commandant de l'*Entropie*... Je me rappelle... J'ai eu affaire à lui personnellement... le chef des Missions Lointaines... Eridan...

— Je suis une amie de Claude Eridan.

Il y eut un silence. On pouvait lire de l'admiration dans les yeux d'Agraam.

— Vous êtes ?... Vous connaissez Claude Eridan ?... murmura-t-il.

Mandine lui sourit.

— Le Créateur soit loué encore une fois, reprit Agraam. Nous avons une chance inouïe en définitive. Ils ne vous abandonneront pas...

— Je ne veux pas vous enlever vos illusions, dit Mandine, et je souhaite de tout cœur que ce que vous pensez soit vrai... Mais Gremchka est tellement loin de Dena... Tellement loin...

— Ils ont parcouru l'Univers dans tous les sens... Ils ont des transmissions d'ondes quasi instantanées !... Ils ont découvert l'espace sesqui-dimensionnel !...

Agraam ne tarissait pas.

— Puissiez-vous être dans le vrai. Je ne doute pas qu'Eridan soit prévenu, mais lui donnera-t-on l'ordre de se mettre à notre recherche ? Et si oui, nous trouvera-t-il ?...

Il y eut un silence, puis :

— Comment se fait-il que je sois en vie ? demanda Agraam. Que s'est-il passé ? Quel est cet édifice ?

— C'est un grand cylindre... Nous sommes dans une ville faite de centaines et de centaines de cylindres métalliques. L'intérieur comporte des champs nutritifs et énergético-dynamiques. Tu as été nourri par des champs... Nous ne savons pas ce que c'est. Nous en subissons simplement les effets.

En quelques mots, Mandine et Eeina mirent le jeune homme au courant de la situation exacte. Elles lui expliquèrent tout ce qui s'était passé, les puissances psychiques qui étaient les forces régnantes de ces lieux, la façon d'ouvrir et de fermer les issues, de monter et de descendre, de prendre possession des alvéoles pour dormir. Sans omettre les curieuses anomalies — curieuses et effrayantes — qu'elles avaient observées.

Agraam était en pleine possession de ses moyens quand la nuit tomba et qu'ils décidèrent de prendre quelque repos.

C'est conscients de leur sort qu'ils gagnèrent chacun une cellule de leur choix. Et Agraam, mollement étendu sur le dos, mit longtemps à trouver le sommeil ; il ne pouvait se défaire de l'image de la

douce et charmante Mandine, de sa merveilleuse
chevelure mauve, de ses yeux de lilas clair... Puis il
s'endormit. Mais cette nuit n'allait pas être comme
les autres.

Mandine comprit qu'elle se trouvait dans un demi-
sommeil et qu'un certain laps de temps venait de
s'écouler. C'était quelque chose comme le milieu de
la nuit denienne.

Elle percevait à travers ses paupières mi-closes
l'environnement de lumière douce et verte. Elle se
sentait mollement étendue et paresseusement allongée. Elle n'avait pas peur mais elle devinait qu'il
allait se passer quelque chose.

Le glissement était assez nettement perceptible et
tout avait l'air de recommencer.

Le bruit était semblable à celui qu'aurait fait un
tuyau sur une matière dure... C'est cela... C'était
bien ce que cela évoquait... Un tuyau qui glissait sur
une matière dure.

Puis des crissements et des frottements s'y mêlè-
rent... et tout d'un coup cette impression de chocs
sourds, de heurts, comme l'aurait fait quelque monstrueux, ou plusieurs monstrueux insectes.

C'était certain... *quelque chose* montait par la
lumière centrale... Montait et émettait ces curieux
bruits. Quelque chose d'atroce et d'abominable.

Mandine était strictement immobile, tous ses sens
en alerte, aux aguets. Elle percevait aussi la respiration tranquille d'Eeina étendue en face d'elle.

Elle comprenait qu'elle avait une certaine difficulté à ouvrir les yeux. Elle s'obligea à le faire.... à se réveiller.

On aurait dit qu'on tirait un ou plusieurs tuyaux maintenant à l'intérieur du cylindre. Cela « frottait » en bas, ainsi que sur les parois.

C'était persistant, continu, angoissant. Cela heurta le bord inférieur de sa cellule. Elle fit un terrible effort de volonté sur elle-même, parvint à ouvrir les yeux et s'éveilla tout à fait. Elle regarda alors autour d'elle.

Effectivement il y avait du nouveau et cela confirmait certaines de ses hypothèses.

Un gros tuyau brunâtre, annelé, montait verticalement devant son alvéole, barrant le seuil d'un gros trait.

Un tuyau bien plus gros qu'un bras humain, et entièrement segmenté, fait de petits anneaux empilés, comme un gros flexible.

Par moments, il se hissait ou était hissé, vers le haut et était responsable de toute cette série de bruits ; d'une partie tout au moins. Il montait, s'écartant parfois de la paroi pour y rebondir en la heurtant à plusieurs reprises. Ce n'était donc pas un insecte monstrueux.

C'était ce phénomène qui s'était produit l'autre nuit.

Elle s'avança et jeta un œil vers le bas. Il y avait en tout cinq ou six de ces tuyaux qui montaient ainsi et se trouvaient à différentes hauteurs.

Eeina respirait tranquillement.

Agraam avait disparu.

CHAPITRE XVII

L'*Entropie* fonçait toujours dans le noir Cosmos à une vitesse relative défiant toute imagination. Elle passa à des millions de kilomètres d'une énorme géante rouge qui roulait, avec ses cratères de feu, ses trous cramoisis, ses nappes et ses fumerolles orange vif... Elle occupa presque tout le champ de vision. Le vaisseau de Gremchka échappa, des années-lumière plus loin, à la terrible et implacable attraction d'un Trou Noir, puis continua sa route vers les Galaxies Spirales et Spirales Barrées qui occupaient le fond du firmament nigrescent.

Eridan surveillait la vie mathématique des multiples courbes sur les panneaux de bord. Tout scintillait, étincelait, clignotait sur les consoles de commande et sur les tables de référence.

Assette et Gus étaient assis nonchalamment sur des sièges interférentiels invisibles, en arrière du poste de pilotage. Claude Eridan était debout avec, près de lui, la douce et blonde Arièle.

— A combien sommes-nous exactement de la galaxie où s'est produit l'accident du *Platinium*?

Eridan consulta les tableaux holographiques inter-galactiques.

— Deux cent mille années-lumière, dit-il.

— Mon Dieu ! que c'est encore loin !...

— Cela fait combien de kelmes ?

— Trente mille. Mais cela ne te donne aucune idée. Quelques jours terriens, si tu veux.

— Nous arriverons trop tard. Cela fait beaucoup trop tard.

— Non, ne perdons pas courage.

Arièle adorait la jeune Mandine, bien qu'elle sache qu'il existait une attraction certaine entre la jeune Antorienne et Eridan.

Gus se leva, s'étira et s'approcha.

— On fait du surplace avec ce raffiot, grogna-t-il. Encore quelques jours pour arriver ne serait-ce que dans la galaxie où s'est produit l'accident du *Platinium* ?... On devrait hisser les voiles.

Assette, le sage, se leva à son tour.

— Notre ami Gus est toujours de la plus grande impatience et de la plus grande fébrilité. Mais nous ne pouvons aller plus vite que le temps et que la distance. Tout arrivera pourtant. Même le prochain Chaos intercyclique.

— Oh ! ça va !... Ça suffit !... On le sait que vous êtes un rescapé du Temps...

— Si Gus n'était pas comme il est, nous n'en voudrions plus, dit Assette sans aucune animosité.

— Qu'est-ce que ça veut dire ?

— Rien, trancha Eridan. Ce que tu voudras. Va faire un tour dans ton module de « repolarisation » et choisis un programme...

— Non... ça va... J'aime bien « le spectacle des espaces infinis ».

— A partir de quand suivrons-nous le trajet du *Platinium* ? demanda Assette le Dramalien.

— Bientôt je suppose. Notre route exacte est supervisée par Logos (1) et la « greffe » se produira en douceur et automatiquement. Nous n'aurons qu'à faire varier nos paramètres autour de la solution idéale pour chercher et explorer...

Et soudain une voix « métallique » retentit :

— Attention, archipel d'astéroïdes dangereux droit sur notre route. A 0,009 kelmes. Désintégration.

— Attention, répéta Claude.

Un éclair aveuglant se produisit et ils furent environnés de flammes.

— Danger écarté. Terminé, conclut la voix métallique.

— Ce que c'est que d'aller aussi vite, grommela Gus. Mais je ne comprends pas.

— Il y a aussi des obstacles dans l'espace sesquidimensionnel. Tu poses toujours la même question. C'est comme si nous étions dans le nôtre également.

Gus alla bouder dans son fauteuil.

***

Mandine, éberluée, regardait de haut en bas. Elle

(1) Complexe électronique dirigeant le vaisseau de Gremchka dans l'espace, et présidant à sa « vie » interne, en contrôlant à chaque instant toutes les constantes et paramètres.

avait noté la disparition d'Agraam mais que faire pour l'instant ? Il fallait se rendre compte avant tout de ce qui se passait et aviser.

Sept tuyaux au total se dressaient comme des serpents à l'intérieur du cylindre. Tous de même diamètre et s'affinant vers leur extrémité supérieure, brunâtres. Deux d'entre eux arrivaient jusqu'aux plus hautes alvéoles ; les autres étaient inégalement répartis. Ils semblaient véritablement des serpents dressés qui cherchaient...

Ils oscillaient et montaient par secousses successives. Ils provenaient du fond du cylindre dont le sol avait été escamoté et qui laissait voir un gouffre sombre et verdâtre.

Atterrée, Mandine en vit un monter vers elle. Il présentait à son extrémité, comme les autres, une sorte de double crochet noir. Elle le contempla avec terreur ; dans un sinistre crissement, il montait... montait... arrivait à sa hauteur. Les deux crochets d'ébène étaient recourbés et pointés vers elle.

Cela se balançait à droite et à gauche, semblant observer, chercher, essayer de se rendre compte de ce qu'il y avait dans cette alvéole.

Mandine se réfugia à nouveau instinctivement vers le fond, épouvantée par la chose venue des entrailles du cylindre.

Au-dessus des deux crochets, il y avait comme une sphère grisâtre et criblée comme une mûre. « Un œil à facettes, pensa la jeune femme. Cela me regarde, m'examine... »

Au bout d'un moment de cette vague observation, le tuyau porteur de crochets continua sa progression vers le haut, négligeant l'alvéole de Mandine. Au bout d'un moment cette dernière sortit prudemment et alla rejoindre Eeina. Elle la réveilla en la secouant.

— Eeina... Eeina... Réveillez-vous... Vite... Regardez...

Eeina s'éveilla et ouvrit de grands yeux apeurés devant cet étrange spectacle.

— Où est Agraam ? Où est-il ?...

— Je ne sais pas... Je ne l'ai pas vu... Il n'y a plus de fond au cylindre. Peut-être a-t-il été réveillé comme moi et sera-t-il aller en exploration ?...

— Mais où ?... Où ?... Pourquoi est-il descendu à nouveau ? Pourquoi ?... Qu'est-ce c'est que ces tuyaux ?... Que va-t-il se passer ? Oh ! j'en ai assez !... Assez... Que quelqu'un vienne à notre secours maintenant !...

Elle prit son visage entre ses mains et sanglota.

Les tuyaux semblaient s'être fixés devant certaines alvéoles. Ils étaient maintenant d'une parfaite immobilité, chaque « tête » pointée vers l'intérieur d'une cellule.

Au bout d'un court laps de temps et presque en même temps, des petits faisceaux de lumière rouge jaillirent des yeux à facettes et des êtres se matérialisèrent dans chacune des alvéoles concernées.

— Oh ! regardez, Eeina !... Regardez ce qu'il y a dans les niches... C'est horrible...

Des créatures d'épouvante se tenaient dans les chambres ovalaires, les remplissant presque entièrement... Des sortes d'énormes sphères grisâtres comme des tiques géantes. Il y avait des dizaines de petites pattes en dessous, qui grouillaient.

— C'est comme si ces êtres venaient d'être tirés d'une autre dimension, dit Mandine. Je m'explique cette sensation de masse qui nous écrasait... Nous cohabitions avec ces créatures mais elles étaient dans un autre espace-temps que le nôtre..., cachées dans un autre système de coordonnées... C'est sans doute ce que voulait dire Kolok par *présences*... Il faut croire qu'il y a parfois des interférences avec notre espace-temps pour expliquer ces impressions bizarres d'être observé et surtout ce contact répugnant...

Et soudain, ce fut l'abominable. Les crochets se plantèrent dans les corps des énormes tiques, des ixoïdes géants, et, selon toute vraisemblance, commencèrent à aspirer le contenu de chaque créature.

Des cris, des sortes de barrissements terribles retentirent, stridents, à la limite du tolérable.

Des hurlements de douleur emplirent tout l'intérieur du cylindre, tandis que les tuyaux étaient agités de petites secousses. Et pendant que le supplice avait lieu, les ixoïdes se vidaient comme des outres... Les barrissements étaient hallucinants, rendaient le tympan douloureux. Ils devenaient de plus en plus intenses, et passaient par des paroxysmes effrayants.

Mandine et Eeina se tenaient terrorisées sur le seuil de leur alvéole et assistaient impuissantes à cette atrocité. Bientôt les ixoïdes ne furent plus que des sacs fripés et presque vides qui s'affaissaient. Les cris et les hurlements de souffrance s'étaient atténués et n'étaient plus que des gémissements misérables.

Les tuyaux continuaient à se gorger de la substance des monstrueux acariens grisâtres..., jusqu'à la fin.

Puis tout cri cessa et les tuyaux se retirèrent du corps de leurs victimes, pitoyables défroques complètement aplaties... Et les « serpents » redescendirent rapidement, comme si on les tirait d'en bas.

En quelques secondes, les montres avaient disparu et le fond du cylindre s'était rematérialisé.

De l'endroit où elles se tenaient, Mandine et Eeina apercevaient très bien les suppliciés les plus proches. Un sac grisâtre gisant sur le sol de l'alvéole. Elles avaient encore en mémoire les terribles barrissements de douleur. Certaines de ces « peaux » avaient encore des soubresauts et on entendait comme des hoquets.

Puis cela se transforma sous leurs yeux en une poussière grisâtre. Identique à celle dont elles avaient constaté la présence quelques jours auparavant. Le même phénomène avait donc déjà dû se produire en leur absence.

Elles savaient aussi que cette poussière métalloïdique disparaîtrait en quelques heures et qu'il ne resterait rien de l'abominable holocauste.

Jusqu'au suivant.

CHAPITRE XVIII

— Il faut aller à la recherche d'Agraam, dit Eeina. Il faut faire vite... vite...

— Il n'y a qu'une chose que nous n'avons jamais faite... C'est d'essayer d'aller *plus bas* que le cylindre, dans les sous-sols... Nous n'y avons jamais pensé.

Une peur géante étreignait les deux jeunes femmes, mais il fallait qu'elles agissent maintenant. Il fallait aller voir ce qui se passait dans les souterrains du Pays des Tours. Il fallait qu'elles essayent de dématérialiser le fond et d'explorer tout ce qu'elles n'avaient pas encore exploré. Il fallait partir à la recherche d'Agraam et lui porter secours si besoin était.

— Allons..., dit Mandine.

Et elles s'élancèrent dans le vide, leur magnifique chevelure ondoyant derrière elles.

Après avoir pris pied sur le fond, elles marquèrent un temps d'arrêt. Une hésitation. Qu'y avait-il dans les souterrains, dans les sous-sols du Pays des Tours ? Elles sentaient qu'elles touchaient là au terme de leur aventure. Elles savaient que la solution, ou qu'une des solutions se trouvait là, sous leurs pieds. Mais qu'elles allaient devoir vaincre des obstacles surhumains, être mises en présence de l'inexplicable. Il fallait pourtant prendre tous les risques, ne serait-ce que pour le frère d'Eeina.

— J'ai peur, dit cette dernière.

— Pour Agraam...

— Oui... pour lui... Je tenterai n'importe quoi pour lui... Car il ne peut être ailleurs, n'est-ce pas ?

— Je ne sais pas... Je ne le pense pas... Nous verrons bien. Ayons du courage.

Les yeux de lilas clair de la jeune Mandine se fixèrent sur ceux d'Eeina et elle y lut une immense terreur associée à une volonté farouche d'agir.

Elles firent se dématérialiser le fond du cylindre et descendirent lentement ; elles s'enfoncèrent ainsi dans les entrailles du Pays des Tours.

Comme celles d'une énorme cheminée, les parois cylindriques défilaient de part et d'autre. L'espace était toujours baigné de la même lumière verte.

Au bout de quelques minutes de cette descente aux enfers — il est à noter qu'il n'y avait pas d'alvéoles dans le cylindre inférieur — elles vinrent atterrir en douceur sur un fond plat. On ne pouvait aller plus loin certainement, car toute tentative pour dématérialiser ce sol échoua.

Elles regardèrent autour d'elles. Cela faisait un coude à 90° qui se continuait par un boyau horizontal. Il n'y avait que cette issue, c'est donc délibérément qu'elles se mirent à marcher dans cette vaste galerie de même diamètre que le cylindre. Le fond était légèrement concave et n'était pas prévu pour des humains. La marche était assez difficile.

Le souterrain métallique s'inclinait légèrement en avant. Par endroits, elles rencontraient des ouvertures, rondes, supérieures qui faisaient certainement communiquer avec d'autres cylindres. Il y avait aussi des abouchements latéraux, la galerie qu'elles suivaient étant rejointe par d'autres galeries en provenance également du reste de la ville.

Et elles continuaient à marcher, la mort dans l'âme, sans rien rencontrer, objet ou créature, leur avance étant d'une désespérante monotonie.

— Cette fois, dit Mandine, nous sommes sur la piste et sur la bonne voie. Mais qu'allons-nous découvrir ? Kolok disait que le Pays des Tours rejoignait les cratères rouges...

La galerie s'agrandissait à mesure qu'elle recevait des collatérales. Bientôt la lumière verdâtre sembla se diluer. Quelque chose comme une clarté rougeâtre déteignait vers le fond sur la couleur émeraude ambiante.

Et tout d'un coup elles aperçurent un objet qui leur fit dresser les cheveux sur la tête, qui glaça leur sang dans leurs veines. Elles stoppèrent net.

— Regardez ! dit Mandine en saisissant le bras d'Eeina.

Au sol, gisant comme d'immenses choses inertes, deux des tuyaux brunâtres, immobiles, allongés, avec leurs crochets et leur œil à facettes.

— C'est ce que nous avons vu, dit Eeina. C'est ce qui est venu dans le cylindre. Mais qu'est-ce que c'est ?...

— Nous n'avons qu'à les suivre, nous verrons bien.

Elles s'approchèrent. C'était d'une manière générale immobile bien que, parfois, agité d'un léger tressaillement.

Elles longèrent les étranges tuyaux gisant au sol. Bientôt il y en eut quatre, puis six...

L'atmosphère lumineuse devenait de plus en plus rouge au fur et à mesure de leur progression. Finalement, elles débouchèrent dans une grande salle métallique tout illuminée de pourpre.

Au centre, dans une gorge étroite, serpentaient les tuyaux étalés les uns contre les autres.

Elles firent le tour de cette salle en suivant les rebords, sortes de corniches que présentait la paroi latérale. L'ensemble était grossièrement ovalaire et les deux chemins de ronde se rejoignaient à l'autre extrémité. Là, il y avait une autre galerie, mais les tuyaux n'étaient plus visibles. Ils disparaissaient en dessous du plancher qui faisait pont.

Elles traversèrent ce tunnel et débouchèrent dans une salle immense, bien plus grande que la précédente.

Leurs yeux un peu éblouis tout d'abord, s'adaptèrent dans un second temps. Elles virent alors la chose immonde et innommable qui régnait en ces lieux.

Elles faillirent hurler d'horreur et d'épouvante mais leur cri s'étrangla dans leur gorge.

CHAPITRE XIX

Eridan s'arracha à la contemplation des courbes et des reliefs qui traduisaient les informations statistiques et les points singuliers concernant le déplacement de l'*Entropie* dans le Cosmos.

— Attention... Attention..., clama Logos, XT 000K.15 I H... 134 056 WKZ... Nous suivons le programme de route du vaisseau antorien depuis 5,6 kelmes. L'injection des données de la matrice du *Platinium* s'est faite par intégration automatique. Terminé.

— C'est tout ce qu'il dit cet animal ? gronda Gus. On est bien avancé avec ça...

— Qu'est-ce que tu voudrais qu'il te raconte de plus ? Tu viens d'assister à une prouesse de la plus haute technicité et tu ne t'en es même pas rendu compte ! Il est vrai que plus rien ne t'étonne.

— Il aurait pu dire dans combien de temps nous serons en vue du système solaire où a eu lieu l'accident du *Platinium*, par exemple.

— Très rapidement sans doute. Regardez...

Ils fonçaient vers une galaxie extrêmement lumineuse qu'ils abordaient légèrement de trois quarts.

Une galaxie laiteuse et brillante dont les bords étaient flous, piquetés d'une poussière de diamants, autant de soleils, et dont on pouvait apercevoir les spires. Le noyau était très renflé comme une bulle titanesque et presque aveuglant.

— C'est quelque part là-dedans, dit Eridan.

— Va-t-il falloir explorer système solaire par système solaire ?...

— Non, expliqua Arièle qui avait une patience d'ange pour le géant terrien. Puisque nous sommes maintenant guidés par le double du programme qui les a eux-mêmes conduits jusqu'au point 0.

— Vous me prenez pour un grand singe, ou un primate, ou quelque chose comme ça !... Supposez qu'ils aient batifolé... Qu'ils se soient baladés d'une étoile à l'autre... Qu'ils aient changé d'avis au dernier moment... Qu'ils aient été attirés..., happés...

— Ce sont les hasards de l'exploration intersidérale. Mais nous les retrouverons. Logos !

— Logos écoute.

— Les données concernant cette galaxie ?

— Il s'agit de la galaxie *Apocalypsia* (1). Diamètre : 100 000 années-lumière. Diamètre du noyau : 22 000 années-lumière. Épaisseur au niveau des spires : 10 années-lumière. Nombre de soleils : 113 milliards de milliards. Planètes habitées : 12 millions.

— Stop, dit Eridan. Ça suffit. Maintenant soyons attentifs, nous allons arriver théoriquement jusqu'au

---

(1) Apocalypsia appartient au groupe des Galaxies Intemporelles.

point 0, là où ont cessé toutes les émissions du
Platinium, exactement contrôlé par Antoria. Ce peut
être évidemment hypothétique, mais il doit correspondre au lieu de l'accident, à quelques milliers de
kilomètres près évidemment.

— A quelques milliers de kilomètres près ! s'ex-
clama Gus. Rien que ça !...

— Logos... Radiotélescopes quantiques tous azi-
muts... Observation de tous les systèmes solaires que
nous rencontrons et répertoriage de leur famille de
planètes.

— Reçu. Terminé.

On entendit un bourdonnement dans tout le vaisseau.

La galaxie Apocalypsia occupait tout l'espace
visible maintenant. Elle semblait un gouffre de
lumière laiteuse et brillante. Cela faisait mal aux
yeux comme les neiges éternelles sur la Terre. Au
sein de ce déferlement « céruséen », des points
blancs défilaient lentement, très loin, de part et
d'autre du vaisseau. L'un d'entre eux présentait une
éclipse partielle : une planète sombre qui l'occultait.

L'*Entropie* fonçait dans les milliards de soleils
distants entre eux de milliards de milliards de kilomètres et entourés de leurs planètes.

* * *

Les deux jeunes femmes étaient immobiles sur le
rebord de l'immense pièce souterraine métallique.
Elles semblaient deux statues de marbre. Le spectacle qu'elles avaient sous les yeux défiait toute imagi-

nation, même la plus délirante. C'était dantesque, hallucinant, horrifiant, satanique...

Ainsi les tuyaux qui aboutissaient à cette aberration, c'était ça !... Ce qui vivait dans les sous-sols de Dena, sous le Pays des Tours, c'était ça !... Mais ce n'était pas compatible avec l'idée scientifique d'êtres hyperévolués qu'on pouvait se faire concernant ce monde... Une civilisation d'un très haut degré de technicité avait habité là, édifié, construit, réalisé ces structures... Avait-elle disparu ?...

C'était la pensée dominante maintenant dans l'esprit des jeunes femmes malgré leur sentiment d'horreur. Et des êtres suprêmement organisés, ces savants, avaient laissé la place à *ça*... Des êtres supérieurs, des intelligences supérieures avaient été détruits ou avaient quitté ces hauts lieux où régnaient des forces psychiques asservies remplaçant toute activité mécanique.

A leurs pieds s'étendait un immense bassin de métal qu'elles surplombaient. Quelque chose d'inimaginable grouillait dedans, palpitait, vivait d'une vie obscure et formidable.

Les tuyaux aboutissaient à cet être impossible à décrire.

La première impression était celle d'une mer grouillante. Puis on distinguait des entités qui étaient à la fois séparées et soudées ensemble. Des araignées, des arachnides géants, des millions d'arachnides velus avec leurs pattes entremêlées s'agitant sans cesse, des palpes, des crochets, d'horribles yeux à facettes, soudés ensemble. Un être multiple, collectif, fait de millions d'individus et pourtant *unique*...

Une colonie d'arachnides grouillants, multiformes et pourtant être unique... Les tuyaux étaient des organes communs, des palpes démesurés qui allaient à la recherche de la nourriture, hypertrophiés, pour la collectivité immonde et répugnante...

Et ces palpes géants, résultat de quelque horrible mutation génétique de l'être collectif rampaient jusqu'à chaque tour, attiraient leurs proies et absorbaient leurs victimes paralysées.

De cet ensemble, de ce magma grouillant, palpitant, s'élevait un bruissement atroce de pattes et de palpes entremêlés ; de ce monstrueux magma d'araignées géantes montait une odeur écœurante. D'après ce qu'on pouvait imaginer de cet être abominable, son épaisseur devait être importante. Par ailleurs, il continuait dans d'autres salles.

Peut-être même ce peuple collectif et hideux d'araignées soudées comme un monstrueux polype, occupait-il, par l'intermédiaire de galeries successives, tout le centre de la planète ? Peut-être ce monstrueux et titanesque parasite était-il l'unique habitant résiduel de Dena et contrôlait-il toutes les villes-cylindres qui pouvaient parsemer la surface du globe ?...

Oui, c'était plus que probable. Elles en étaient presque sûres maintenant. Ce monstre multiple était l'unique habitant du centre de Dena. Cet occupant babylonien en horreur démesurée, était un parasite qui avait supplanté les Grands Anciens de Dena. Ceux qui avaient tout construit et réalisé et qui, pour une raison ou pour une autre n'étaient plus là. Et l'arachnide Moloch s'était emparé des galeries, des souterrains, et une mutation collective l'avait ainsi transformé. Ses palpes s'étaient hypertrophiés et il allait traquer ses victimes dans les tours où elles étaient attirées. Des victimes sortant de la mer, les ixoïdes, vivant dans plusieurs dimensions à la fois.

Et sur le magma grouillant du monstre, des milliers et des milliers d'araignées grises, grosses comme des crabes, cotoneuses, couraient en groupes, infâme progéniture de la bête d'apocalypse...

Plus mortes que vives, les deux jeunes femmes, surmontant leur répulsion, suivirent la corniche latérale à même la falaise qui surplombait l'animal.

Il y avait d'autres salles. Tout le centre de Dena était creusé de galeries et occupé par l'arachnide grouillant par nappes.

Elles contournèrent ce premier bassin et se rendirent, par un étroit tunnel où l'être se prolongeait dans un canal central, jusqu'à une seconde salle, oblongue, encore plus vaste que la première. L'être continuait.

Mais là elles sursautèrent. Ce qui restait d'Agraam était étendu sur la surface du monstre. Sur le dos, les bras en croix, les jambes écartées, il était agité par les mouvements spontanés de l'arachnide. Des centaines d'araignées grises-progéniture sortaient et ressortaient de ses orbites noires et creuses, par les maxillaires, par les trous rouges qu'il avait un peu partout, sur la poitrine, sur l'abdomen ; sa combinaison argentée déchirée par endroits laissait voir d'horribles plaies où grouillaient tout un peuple d'araignées-filles. Ses mains étaient celles d'un squelette, ses pieds également. C'était fini pour lui. C'était trop tard...

Eeina se réfugia en sanglotant convulsivement dans les bras de Mandine horrifiée.

Sans qu'elles s'en rendent compte, des tuyaux porteurs de crochets se dressaient derrière elles, les fixant de leurs yeux à facettes inexpressifs.

— Je n'y comprends rien, dit Eridan. Nous sommes pourtant bien parvenus, selon les coordonnées des Antoriens, sur les lieux mêmes de l'accident du *Platinium*.

L'*Entropie* qui avait décéléré cybernétiquement en temps voulu, s'était placé en orbite solaire selon le point 0 où théoriquement le vaisseau de Mandine avait explosé.

— Eh bien, il faut se rendre à l'évidence, dit Assette le Dramalien avec une angoisse dans la voix. Il n'y a pas de planète à ce niveau.

— D'autre part, continua Claude, c'est bien le système solaire Rekha de la galaxie Apocalypsia. C'est bien de celui-là qu'il s'agit. C'était le but du *Platinium*. Eh bien… il n'y a aucune planète habitable. Celles qui sont près du soleil sont en feu…, les autres des masses de gaz et d'acide fluorhydrique… Que s'est-il passé ? Désintégration dans l'espace ?… C'est ce qui semble le plus plausible. Dans ce cas…

— Que faire alors ? demanda Arièle extrêmement pâle.

— Peut-être aller en un point diamétralement

opposé de cette galaxie. Vérifier s'il n'y a pas un système solaire identique ; par homothétie...

— Ça demandera encore du temps...

— Nous ne pouvons rien d'autre. Nous voici au terme de l'exploration, au terme de la course du *Platinium*, là, où il a théoriquement explosé et il n'y a pas de planète habitable à cet endroit. Deux seules solutions possibles : premièrement le vaisseau a bien explosé dans l'espace ici même et il ne reste rien ; deuxièmement, il se peut qu'existe une homothétie galactique et un système solaire presque identique à celui-ci, diamétralement opposé et comportant une planète habitable. C'est une erreur que nous avons rencontrée parfois.

— Que de temps perdu pour rien !

— Encore une fois, nous ne pouvons pas faire davantage. Il faut quitter ces lieux et aller 100 000 années-lumière plus loin, vérifier l'hypothèse de l'homothétie.

Les palpes se dressaient derrière les jeunes femmes, s'approchaient d'elles, tous crochets dehors.

Eeina s'en aperçut la première et cria. Mandine se retourna et fit face.

— Attention ! souffla-t-elle.

Elles se mirent à reculer sur la corniche métallique surplombant le monstre abominable.

Les tuyaux vivants, brunâtres, annelés, velus, de l'effroyable bête, continuaient à les suivre en émettant le sinistre crissement qu'elles connaissaient déjà.

Allaient-elles périr au bout de l'Univers de la même mort ignominieuse qu'Agraam ? Loin de tout ?

Sans secours ? Sans aucune aide ?... Elles continuaient à reculer, épouvantées ; les crochets n'étaient
plus qu'à quelques pieds de leur visage.

Le moindre faux pas et c'était la chute dans l'abîme
sur la terrible créature qui grouillait de toutes ses
fantastiques unités. C'était la mort atroce, dévorées
par l'infâme progéniture, les araignées gris coton si
atrocement carnassières. Il y en avait des milliers et
des milliers courant sur le flanc du monstre.

Les palpes qui les poursuivaient étaient au nombre
de quatre maintenant. Cela sifflait parfois, augmen-
tant la ressemblance avec d'affreux reptiles et les
yeux à facettes, au-dessus des crochets, semblaient
les suivre dans tous leurs mouvements. Parfois les
crochets s'entrouvraient et laissaient voir une
« gorge » horrible.

Soudain l'un d'eux frappa, exactement comme
l'eût fait un cobra. Mandine l'évita de justesse mais
cela siffla à quelques millimètres de son bras.

Elles avaient parcouru, moitié reculant, moitié
courant, la plus grande partie de la corniche et peut-
être trouveraient-elles le salut dans le tunnel qui
séparait deux salles entre elles ? Mais auraient-elles
le temps d'y arriver ?

Un autre « serpent » frappa. Avec la rapidité de
l'éclair, il fonça sur leurs jambes. A peine si elles
eurent le temps de sauter pour l'éviter.

Mais que leur voulaient-ils exactement ? Il n'était
pas du tout évident qu'ils cherchent à leur faire
connaître le même sort que les ixoïdes. En effet, les
jeunes femmes se rappelaient les rayons paralysants
issus des yeux à facettes. Il n'en était pas de même

avec elles et peut-être leur « contenu » n'intéressait-il pas le monstre lui-même ?

Et soudain l'irréparable est commis. Un palpe fonce avec la vitesse de la foudre et frappe violemment Eeina en pleine poitrine. Sous le choc, elle est déséquilibrée pendant un instant sur le bord de la corniche ; elle tente de se rattraper tandis que Mandine lui tend la main. Une autre attaque et la malheureuse jeune femme s'abîme dans le vide en hurlant.

Mandine ferme les yeux, prête à défaillir, attendant la mort à son tour.

Eeina hurle toujours. Elle a percuté l'horrible nappe d'arachnides sans lui causer le moindre dommage, s'y enfonçant à peine. Mandine ose enfin regarder. Les serpents dansent toujours à quelques pieds d'elle, leurs crochets et leurs yeux tournés vers le point où gît la jeune femme. Comme s'ils observaient le spectacle. Comme s'ils étaient attentifs à ce qui allait se passer. Se réservant d'attaquer en un second temps l'autre victime, sans hâte et sans précipitation.

— Mandine ! Mandine !... hurle Eeina du fond de son horreur.

Elle tente de se redresser, y parvient, tend les mains vers la jeune Antorienne.

Mandine s'allonge à plat ventre sur le bord de la corniche et laisse pendre sa main. Hélas, deux ou trois mètres les séparent encore. Rien ne peut être tenté pour sauver Eeina. L'abominable va se produire sous les yeux épouvantés de Mandine.

— Au secours !... hoquette la malheureuse Eeina.

Au secours... Faites quelque chose... Faites quelque chose...

Mandine se relève, défait sa ceinture et l'agrippe d'une main ferme. Elle se remet à plat ventre, le ceinturon pendant à bout de bras.

Eeina tend désespérément les mains vers la ceinture qui se balance. Trop court. Tout est trop court. Il n'y a rien à tenter.

Mandine se relève à la hâte. Regarde autour d'elle. Rien. Rien qui ressemble à une corde, à un lien, à quoi que ce soit qui puisse les aider, porter secours à Eeina. Machinalement elle regrafe sa ceinture autour de sa taille. Elle se sent devenir folle. Les diaboliques palpes se balancent toujours devant elle, contemplant le spectacle.

Eeina titube sur la surface du monstre qui palpite et grouille sous ses pieds. Elle vacille. Elle est folle d'épouvante. Et soudain les araignées grises foncent vers elle et escaladent ses bottes ; des centaines et des centaines d'araignées grises montent à l'assaut. Elle les écrase avec ses mains, avec ses poings, mais elle est débordée par le nombre. Les arachnides courent sur sa peau, grouillent de façon atroce, elle est en un instant recouverte de ces arthropodes du bout de l'Univers.

Elle hurle, se débat ; Mandine voit sa silhouette terrible recouverte d'un grouillement d'araignées, gesticuler de façon grotesque et mécanique. Ses poings battent l'air, écrasant les bêtes parfois, faisant gicler du sang verdâtre. Mais c'est en vain. Pour une dizaine d'insectes géants tués, des dizaines, des centaines arrivent à la rescousse. Et cela monte toujours ; il y en a au moins deux épaisseurs. C'est la curée. Le hurlement d'Eeina s'étrangle dans sa gorge ou devient strident, cri suraigu de douleur et d'épouvante surhumaine. Elle continue à gesticuler, à essayer d'enlever les araignées de ses yeux, de ses orbites...

Puis son cri devient terrible. Il retentit comme un coup de poignard dans le cœur de Mandine qui ne peut rien faire, rien tenter. Qui ne peut intervenir sans connaître à son tour le même sort.

Eeina se roule sur le sol vivant, en proie aux plus redoutables souffrances. Il y a du sang rouge qui coule, qui gicle entre les arachnides. Comme un pantin, la jeune femme se roule d'un côté, de l'autre, s'agite convulsivement. Son cri devient un râle profond qui traîne, une plainte rauque de bête terrassée et agonisante. Un court instant elle parvient à chasser les monstres de son visage : il apparaît alors atrocement mutilé, les yeux creux, sans nez, magma rouge et sanglant.

Son hurlement éclate à nouveau comme celui d'une bête qu'on égorge, puis s'étrangle. Des bêtes plein la bouche, plein la gorge, sur elle, en elle, son supplice n'en finit plus ; elle n'est pas encore morte...

Mandine mesure avec terreur la lâcheté qui l'empêche de se jeter dans la fosse avec Eeina. Mais cela ne servirait à rien et ce serait un suicide.

Eeina n'est plus qu'un monceau d'araignées grises qui dessinent vaguement une forme humaine. Le cri s'éteint, devient gémissement, devient râle, traîne encore puis disparaît.

La forme encombrée d'araignées a quelques

convulsions encore, quelques tremblements, puis c'est l'affaissement, la mort libératrice de l'horreur. Des larmes coulent sur le visage bouleversé d'émotion et de peur de Mandine. Elle n'en peut plus. Elle est à bout de forces et de nerfs. Le grouillement insensé continue en bas. C'est l'hallali. Elle sait que son tour est arrivé. Que c'est à elle. Qu'elle va à son tour connaître le supplice des supplices. Elle sent déjà par avance l'infâme grouillement sur sa peau, sur sa chair... Elle va périr à son tour, comme Agraam et la malheureuse Eeina...

Elle écarquille de grands yeux pleins d'une incommensurable frayeur. Les crochets se dirigent vers elle. Se balancent un instant devant son pauvre visage pâle comme la mort. Foncent.

A ses jambes d'abord où ils s'enroulent. Elle est entraînée, déséquilibrée. Elle chute sur le bord de la corniche.

Elle essaye de réagir. Se relève. Un deuxième « serpent » la frappe avec une violence inouïe. Elle est alors précipitée dans le terrible gouffre. Sans un cri.

Elle sent qu'elle s'étale de tout son long sur la masse grenue et repoussante de l'être collectif.

C'est mou et élastique.

Les araignées grises foncent vers elle.

CHAPITRE XXI

— Ce système solaire est une aberration de nos programmations modulées. Il n'y a rien à explorer dans ce secteur. Logos...

— Logos écoute.

— Il faut mettre le cap sur la partie symétrique de la galaxie. Il doit exister un système solaire qui est le pendant de celui-ci en un point symétrique et diamétralement opposé. Il s'agit d'une erreur assez classique somme toute.

— Oui. Erreur par « analogie symétrique » ou erreur thêta.

— C'est ce que je pensais. Il faudra réunir les Instances Scientifiques Supérieures pour qu'une Commission d'Études travaille dessus. Il faudra éviter de telles erreurs à l'avenir. En route.

Les génératrices d'énergie AAE et les convertisseurs de l'*Entropie* se mirent à ronronner et le vaisseau de Gremchka s'arracha à l'orbite solaire du système Rekha.

— Où allons-nous, Claude ? demanda Arièle en levant ses beaux yeux noirs vers le jeune commandant de l'*Entropie*.

— Je suppose qu'il existe quelque part dans cette galaxie un système solaire ou un ensemble de systèmes solaires parfaitement symétriques à celui que nous venons de quitter et dont la parfaite ressemblance a pu induire en erreur les modulations du trajet. C'est une erreur qui peut se produire. Reste à espérer qu'un de ceux-là possède des planètes habitables.

— Sinon ?

— Eh bien sinon, il faudra se résoudre à l'évidence. Le vaisseau d'Antoria est bien venu jusque-là et a explosé en plein Cosmos. S'ils ont pu être éjectés à temps, ils sont déjà morts dans cette immensité noire. Les modules de sauvetage, les leurs en tout cas, n'ont pas une autonomie bien importante.

— C'est atroce, dit Arièle. Ainsi, si nous ne trouvons rien qui ressemble de l'autre côté de la galaxie à ce système solaire, nous serons obligés d'abandonner et nous ne saurons jamais, jamais ce qu'est devenue Mandine ? Si elle n'est pas morte dans d'atroces souffrances, si elle n'est pas quelque part ?...

— Pauvre Mandine, grommela Gus. Combien de temps pour traverser la galaxie selon son diamètre ?

Eridan ne répondit pas, les yeux rivés sur les calculatrices et sur les tableaux où dansaient des reliefs dont il connaissait seul la signification.

L'*Entropie* dévorait les années-lumière, fuyant le point O de l'accident du *Platinium* qui était pourtant le point réel recherché par les cosmonautes de Gremchka. Mais ce qu'ils ne savaient pas, c'est qu'un terrible maléfice, un système de protection avait joué, mis en place des siècles auparavant par les savants de Dena contre les vaisseaux des puissances sidérales super-évoluées, rendant Dena invisible non seulement à l'œil mais à tous les appareils d'analyses, de mesure, etc.

L'*Entropie* s'était pourtant approché de Dena, assez près pour pouvoir la repérer et y atterrir. Pour pouvoir commencer les recherches. Mais cette protection automatique de la planète Dena avait joué à plein rendement, l'excluant en quelque sorte purement et simplement de son système solaire. Ses moyens de défense étaient différents : satellites de cristal détruisant les vaisseaux ennemis, camouflage pour les vaisseaux supérieurement équipés et qui auraient résisté aux premiers ; camouflage intelligent en quelque sorte qui savait choisir, mis en place par les Grands Anciens, les grands précurseurs de Dena.

Maintenant l'*Entropie* accumulait les années-lumière entre Dena et elle, perdant tout espoir de retrouver vivante la malheureuse Mandine qui allait payer de sa vie ce dramatique camouflage sidéral.

Il était probable d'ailleurs que Claude Eridan et les siens trouveraient un système solaire homothétique et diamétralement opposé à celui de Dena. Et une planète ou deux habitables. Et qu'ils concluraient s'être trompés et exploreraient cette ou ces planètes, perdant ainsi tout leur temps. Définitivement. Et qu'ensuite, de guerre lasse, ils repartiraient pour Antoria rendre compte de l'échec de leur tentative. Enfin qu'ils retourneraient tristement sur Gremchka.

Suffoquée d'épouvante, Mandine reste allongée

sur le matelas chitineux. N'osant bouger de peur de
faire se précipiter les choses, elle reste les yeux fixés
sur la voûte métallique, très loin, là-haut... Ses
doigts, ses mains, ses cuisses, sa chair, ont l'affreux
contact avec la bête multiple et multiforme. Ses
cheveux épars s'accrochent au milieu des pattes
entremêlées de l'être soudé. L'odeur est écœurante.
Déjà des araignées-crabes courent sur ses jambes.
Elle frissonne. Elle sent une sorte de folie s'emparer
d'elle. Elle se redresse. Cela s'enfonce sous elle. Elle
se met sur son séant dominant son horreur et sa
répulsion... Cela s'enfonce encore.

Finalement elle parvient à se mettre debout tandis
qu'un vague mouvement agite l'être collectif. Les
araignées grises montent le long de ses jambes. Le
cadavre d'Eeina n'est plus visible, enseveli sous un
amoncellement d'arachnides, comme un tombeau.

Cela va être son tour. Les insectes courent sur
toutes ses jambes maintenant, atteignent son ventre,
ses hanches. Prise d'une folie destructrice, elle les
écrase avec une féroce fébrilité. Cela rend un bruit
mou, du sang verdâtre gicle. Elle continue. Mais c'est
la ruée, le nombre des assaillants augmente sans
cesse. Ils accourent de toutes parts avec un bruit de
pluie ou de grêle, montent à l'assaut de la jeune
suppliciée. Plus elle en écrase et plus il y en a. C'est
une hallucination, c'est un cauchemar maléfique et
mortel. Les araignées grises recouvrent ses seins, ses
épaules, des milliers de pattes courent sur son
épiderme, dans son cou, recouvrent ses bras, ses
lèvres, son nez, ses yeux, ses oreilles ses cheveux...

Mandine commence à gémir d'horreur... Elle n'en

peut plus... Elle voudrait être morte. Cela grouille...
grouille... Elle est entièrement recouverte d'un
énorme et insensé piétinement ; pas un pouce de sa
peau n'est libre... Cela fait des milliers et des milliers
de minuscules et répugnants contacts. Elle se débat,
elle gesticule, elle écrase, écrase, arrache les insectes
de ses yeux, de son nez, de sa bouche, de ses
oreilles...

Elle tourne sur elle-même, continue à gesticuler...
Elle imagine déjà les premières morsures, la disséca-
tion vivante de ces milliers de minuscules crochets...
Il y en a partout... Elle souffle, crache... Elle crie...
Elle hurle... Elle s'abat tout d'une masse sur l'être-
mère qui palpite sous elle « chitineusement »...

— Nous ne sommes pas prêts d'être en vue d'un
système solaire identique et symétrique, dit Eridan.

Soudain une sonnerie d'alarme retentit.

— Attention... attention... Logos vous parle...
L'étude rétro-complète de tous les renseignements,
données, paramètres, informations, statistiques du
système Rekha montre des SIGNES INDI-
RECTS...

Eridan sursauta.

— Qu'est-ce que tu dis ?

— Logos a fait l'étude de toutes les données et
informations recueillies lors de la traversée du système solaire de l'accident présumé du *Platinium*. Il
existe des SIGNES INDIRECTS.

— Ce n'est pas possible..., murmura Eridan d'une
voix blanche. Ce n'est pas possible... Répète, Logos.

— J'ai dit des signes indirects, indiscutables, irré-

futables. Les plans des mémoires et l'étude synthéti-
que peuvent vous être adressés par le terminal.

Eridan vacillait, debout, devant le poste de pilotage ; tout tournait autour de lui, les consoles, les
tableaux lumineux avec leurs milliers de petits signes,
hologrammes, courbes clignotantes, etc. Il essuya
son front.

— Des signes indirects... Ce n'est pas possible...
Une erreur pareille. .. Comment n'y ais-je pas
pensé ?...

— De toute façon, je suis là pour ça ; l'homme est
faillible, la machine non. C'est un examen de
routine.

— Oui... oui, bien sûr... Décélération immédiate.

— C'est fait, dit Logos. D'ailleurs je ne suis pas
une machine...

Gus s'avança. Arièle faisait de grands yeux à
l'énoncé de toutes ces effarantes nouvelles dont
personne ne comprenait un traître mot.

— Tu veux bien nous expliquer ? grogna Gus. Des
signes indirects... Des signes indirects... Décélération immédiate... Tu causes avec Logos et tu causes
bien, mais nous on est sur la touche et on voudrait
bien comprendre. Qu'est-ce qui est arrivé ?

— Oui, dit Arièle. Que se passe-t-il, Claude ? Que
sont ces signes indirects ? Que se passe-t-il exactement ?

— Mais vous ne comprenez donc pas ?

— Ce n'est pas évident pour tout le monde, dit
Assette. Je crois avoir saisi, mais expliquez-vous,
nous préférons l'entendre de votre bouche.

— La planète... la planète... Il y aurait une

planète à l'endroit précis où le trajet théorique du
Platinium a été interrompu...

— Mais non, il n'y en avait pas, puisque nous
l'avons constaté !

— C'est là le sommet de notre erreur. Cette
planète existe mais elle est *camouflée*, invisible pour
tous les détecteurs optiques et autres... Absolument
invisible ; comme s'il n'y en avait pas. Logos a
découvert des signes indirects de l'existence de cette
planète. Calculs mathématiques très complexes
concernant les déformations appliquées aux orbites,
vitesse, masse des *autres planètes* ; rapport : soleil,
masses, éléments satellites, etc..

— Mais alors, dit Arièle, il reste une chance !...

— Il reste peut-être une chance, mais que de
temps perdu et à rattraper...

— Seigneur ! dit Gus. Si cette planète est si bien
camouflée, comment allons-nous nous guider vers
elle ?

— Par les résultantes des signes indirects. Logos
est capable de ça. Il est probable que nous ne la
visualiserons qu'au cours de l'atterrissage.

— Alors, bon sang, par la barbe de Zarathoustra,
demi-tour et en vitesse ! s'écria Gus.

— C'est fait, dit Logos. La courbe de retour est
amorcée.

CHAPITRE XXII

Mandine est étendue de tout son long, inerte. Elle sent la conscience lui revenir très progressivement. Elle n'est pas encore morte. Elle ne sait pas, elle ne peut pas savoir combien de temps exactement elle est restée dans l'inconscience, étalée sur le monstre, recouverte d'araignées. Elle sent son corps. Elle perçoit vaguement qu'elle est allongée sur le dos. Le grouillement fantastique continue sur son épiderme. Elle essaye en explorant chaque zone de son organisme de se rendre compte si elle est intacte ou blessée, ou mutilée ; elle n'y parvient pas.

Le cauchemar est toujours là, présent. Des milliers d'araignées grises l'ensevelissent. Elle étouffe d'horreur et d'épouvante. Elle n'est pas encore morte, tout est encore à faire. Le supplice n'a même pas commencé. Elle a un hoquet. D'un geste instinctif du bras, elle balaye les insectes de son visage.

Elle peut ouvrir les yeux. Elle ouvre les yeux.

Elle est toujours au même endroit. Elle voit la falaise de métal au-delà des milliers d'arachnides qui grouillent en premier plan sur sa poitrine.

Elle voit la corniche.

Sur la corniche : un homme vêtu de bleu.

Un homme avec une combinaison bleue, avec des bottes bleues. Une boîte noire entre les mains. Les traits énergiques et doux. Des cheveux châtains.

Près de lui, en bleu également, une créature blonde. Plus loin, un géant au faciès simesque ainsi qu'un autre personnage au nez fin et au regard énigmatique. Tous ont une boîte noire entre les mains.

Alors une émotion infinie, désespérée, emporte la jeune Mandine dans un tourbillon insensé. Une vague de chaleur l'inonde comme un raz de marée. Ou bien elle rêve et elle est déjà morte, ou bien c'est la réalité et ce sont des cosmonautes de Gremchka... Ou bien c'est une hallucination, ou alors c'est...

— *Claude...*, murmure-t-elle au bord de la syncope. *Claude Eridan... Arièle... Gus...*

Elle ferme les yeux, les rouvre. Ils sont toujours là. Attentifs. Braquant les boîtes noires.

— Mandine ! fait la voix ferme de Claude. Mandine... Vous m'entendez ?

C'est lui... C'est bien lui... C'est sa voix... Elle ne rêve pas... Mais comment ont-ils fait pour la retrouver ? Comment sont-ils là ?... Tout tourne autour d'elle. Un vertige mortel la saisit. L'infernal grouillement des monstres parcourt son corps dans tous les sens.

— Mandine..., vous m'entendez ? Répondez...

Elle entend... elle entend la voix de Claude qui met du baume dans son cœur. Elle entend mais ne peut répondre. Elle est sur le point d'être dévorée...

— Répondez, Mandine... Secouez la tête si vous m'entendez...

Elle secoue la tête à droite et à gauche.

— Écoutez-moi bien, Mandine... Nous allons vous sauver... Faites exactement ce que je vais vous dire... Vous êtes d'accord ? Remuez la tête...

Elle obéit faiblement. Les paroles qui suivent sont étonnantes.

— Vous possédez sur vous, probablement dans votre ceinturon, dans une des poches de votre ceinturon, un objet qui nous a guidés jusqu'à vous... Est-ce exact ? Remuez la tête.

L'œuf de Kolok. L'œuf de l'ergrimk. C'est vrai. Elle n'y avait plus pensé. C'est extraordinaire... C'est le dernier geste de Kolok avant son supplice.

— Avez-vous un tel objet sur vous ? Répondez.

Elle remue la tête faiblement, les cheveux pleins d'araignées.

— Très bien... Cet objet est doué de plusieurs pouvoirs. Électromagnétique d'abord. Ensuite, il est possible qu'il vous ait *protégée*... Mandine, vous m'entendez ? C'est peut-être la raison pour laquelle les araignées ne vous touchent pas... Vous avez une enveloppe... un champ protecteur... Essayez de sortir cet objet de votre ceinturon... Sortez cet objet de sa boîte. Vite !

Mandine secoue encore la tête, de plus en plus faiblement. Ses doigts, ses mains, se frayent un passage à travers la couche grouillante des arachnides qui, c'est vrai, l'ont épargnée jusqu'à présent.

Elle arrive jusqu'au ceinturon, ouvre la boîte contenant l'œuf de l'ergrimk, le saisit entre ses doigts. Aussitôt c'est une débandade effrénée. Absolument fantastique. Toutes les araignées grises fuyent dans tous les sens, abandonnant le corps de Mandine, s'éloignant, quittant ses cheveux, ses hanches, son ventre, ses bras, ses jambes... En quelques secondes, elle apparaît entière, indemne...

C'est avec un immense soupir de soulagement que Claude et ses amis constatent la chose merveilleuse. Mandine est là, vivante, intacte. Les milliers de monstres ont reculé en cercle, à plusieurs mètres, ont même quitté le cadavre déchiqueté et squelettique d'Eeina. L'araignée-mère commence à avoir des ondulations inquiétantes, comme des vagues...

Mandine tient l'œuf au bout de ses doigts. Elle ne comprend pas. Elle ne comprend plus. Elle a un œil vers les restes d'Eeina et la nausée la reprend.

Puis une douce chaleur l'envahit cependant. Elle voit la corde qui descend vers elle. Elle l'agrippe de toutes ses forces.

Quelques instants plus tard, elle est sur la corniche de métal, entourée par les Gremchkiens, par ses amis, par les siens. Elle se réfugie dans les bras de Claude et entoure son cou de ses bras potelés. La tête contre son épaule elle pleure et sanglote pendant longtemps et se presse contre lui. Elle n'en peut plus d'émotion et de bonheur...

Et Claude n'a pas le courage de la repousser. Mandine est si belle, si attachante... Elle revient de si loin...

Tous restent silencieux et respectent l'émotion infinie de Mandine retrouvée au fond de l'abîme, au fin fond du Cosmos et de l'Univers, Mandine la Maudinienne, l'Antorienne, la Princesse des Étoiles...

CHAPITRE XXIII

Mandine passa dans les bras d'Arièle qui la pressa longuement sur son cœur et dans ceux du géant Gus qui n'en finissait plus de l'embrasser. Les effusions terminées, la jeune Mandine revint vers Claude, bouleversée.

— Comment m'avez-vous retrouvée ? demanda-t-elle d'une voix faible. Comment faites-vous ces choses-là ? D'un bout de l'Univers à l'autre ? Sur cette planète ?... Et jusqu'à cet endroit ?... Je ne comprends pas...

— Ce n'était pas l'endroit qui était le plus difficile, expliqua Claude, mais cette planète qui a failli nous échapper car elle était dissimulée et camouflée par les effets de la science Denienne. Nous avons pu déjouer ces plans soigneusement préétablis et fort efficaces, je dois l'avouer. Mais notre technique n'est pas si mal non plus. Une fois sur le sol de Dena, tout est allé très rapidement car vous aviez sur vous un objet électromagnétique qui émet des signaux « intelligents »... Ce fut un jeu d'anfant. Nos appareils ont été immédiatement alertés par cette émission insistante et punctiforme et cela a été très rapide pour en localiser la source. Bien sûr, cela aurait pu être tout autre chose. Mais par chance, il s'agissait bien de vous. J'ai dit que ces signaux étaient « intelligents ». Cet objet vous a également protégée des monstres de l'abîme. Vous seriez déjà morte depuis longtemps. Je suppose que vous êtes restée sans connaissance un bon bout de temps. Le temps que nous arrivions. D'où tenez-vous cette chose-là ?

— Il m'a été remis par un drôle d'animal, un mélange de gros insecte, de crustacé, de… je ne sais pas… Kolok… un ergrimk. Il ne m'a pas donné d'explication mais je l'ai gardé.

— C'est pour cela que vous avez été protégée. Cet animal a été votre bon génie.

— Et ces atroces cadavres ? demanda Assette.

Mandine baissa la tête et se souvint de ses compagnons d'infortune. La malheureuse Eeina et son frère Agraam. Eeina était une extraordinaire jeune femme. Elle pleura sur leur sort affreux.

— C'étaient des frères galactiques, dit-elle d'une voix pleine de regrets et d'une infinie tristesse. Eeina et son frère Agraam venaient de la planète Opalia, des Galaxies Liminaires. Leur vaisseau a explosé également, en orbite autour de Dena. Ils étaient les seuls survivants. Il n'y en a plus maintenant.

— Vous avez subi les défenses orbitales probablement secondaires que les Deniens — qui ont semble-t-il disparu — avaient mis en place une fois pour toutes. Nous avons, nous, été victimes d'un procédé plus raffiné qui a « deviné » que nous résisterions aux satellites. Camouflage intégral de la planète, de sa masse, de sa gravité, etc. Il s'en est fallu de peu que vous ne soyez abandonnée à votre sort. Il est évident que vous vous seriez rendu compte alors que vous bénéficiez d'une certaine protection due à l'objet remis par l'ergrimk. Mais que seriez-vous devenue ?... Fort heureusement, les techniques gremchkiennes sont infaillibles.

— C'est merveilleux, dit Mandine en levant vers lui ses grands yeux de lilas clair pleins de larmes. Agraam et Eeina avaient entendu parler de vous et de Gremchka et ils avaient confiance. Ils ont été rassurés dès que je leur ai dit que j'étais une de vos amies et alliées.

— Hélas, nous sommes arrivés trop tard pour eux.

— Qu'allons-nous faire maintenant ? grogna Gus. Va-t-on laisser cet horrible monstre parasiter le cœur de la planète ?

— Il faudrait savoir, dit Assette, ce que sont devenus les savants deniens. Ceux qui ont mis en place tout ce dispositif, édifié ces tours. Ont-ils péri victimes de cette bête apocalyptique ?

— Ce n'est pas concevable, dit Eridan. Ils auraient pu se défendre. Leur niveau scientifique semble très évolué. Qu'avez-vous remarqué pendant votre séjour forcé ?

Il s'adressait à Mandine. Celle-ci, en quelques mots, les mit au courant de ses aventures et de sa tragique odyssée.

— En somme, dit Arièle, tout se passe comme si les gens qui vivaient ici avaient abandonné la place il y a très longtemps.

— C'est ce à quoi je pense, murmura Eridan. Ou alors, ils ont atteint un niveau extrêmement élevé et ont subi une mutation d'une manière ou d'une autre. Tout ce que leur haute technicité scientifique a réalisé continue à fonctionner sans que rien ne vienne y porter entrave. Et ce site aurait été envahi par ce monstre polymorphe et démesuré qui hante le centre du globe et dont les prolongements, les palpes collectifs se gorgent d'animaux marins pluridimensionnels attirés dans les tours.

— Il est probable également, dit Gus, que ces gens-là habitaient les tours, dans les alvéoles, et avaient résolu tous les problèmes d'alimentation, de métabolisme, d'assimilation, etc.

— Il y a une chose qui ne me satisfait pas, conclut Eridan. Pourquoi ont-ils tout abandonné derrière eux ? Même s'ils sont des mutants et ont atteint des sphères supérieures d'évolution, ou une autre forme de vie, ou même autre chose que la vie, pourquoi ont-ils laissé la planète fonctionner à vide ?

— Une mutation qui les aurait surpris alors ; à laquelle ils ne s'attendaient pas ?

— Une mutation imprévue et collective ?...

— Pourquoi pas une attaque massive avec destruction complète ?...

— Je suppose que nous n'arriverons pas de sitôt à trouver la réponse à cette question, la solution à ce problème...

Pourtant Eridan se trompait. En fait, ce sont de bien curieuses révélations qui allaient leur être faites concernant l'insolite planète Dena.

CHAPITRE XXIV

Ils étaient allés rejoindre l'*Entroiie* qui avait atterri non loin du Pays des Tours, à la limite entre la grève et la plaine des kloborhs. Et là, c'est avec une joie indicible que Mandine et ses amis s'étaient *réellement* retrouvés. On avait donné à Mandine une combinaison de drahr bleue qu'elle avait revêtue et elle était apparue charmante et pleine d'une grâce juvénile, avec sa beauté un peu sauvage et tendre, son buste parfait, ses grands cheveux mauves et ses yeux lilas.

Non, Arièle n'éprouvait aucune jalousie à son égard et la contemplait avec un plaisir réel et sincère non dissimulé. Il n'y avait pas de jalousie d'ailleurs chez les êtres très évolués qu'étaient les Gremchkiens.

On la fit passer dans la salle de repolarisation et on lui attribua un module. Puis, dans la salle de pilotage, Eridan se mit en rapport avec Antoria et avec Gremchka où il annonça la bonne nouvelle et la parfaite réussite de leur émission. Eridan reçut également des ordres en code concernant la suite à donner à l'exploration de Dena.

On ferma les sas et l'*Entropie* appareilla. Elle

s'éleva lentement dans les airs, immense sphère rougeâtre et se plaça en orbite basse pour explorer l'ensemble de la planète. On suivit l'opération sur les écrans des relayeurs-analyseurs. Le globe était constitué aux trois quarts par des océans de la même teinte grisâtre qui luisait comme du plomb au soleil aveuglant. Les terres émergées étaient de vastes plaines d'un hémisphère à l'autre, soit de porphyre rouge, très accidentées, soit du type plaine des kloborhs. Quelques reliefs montagneux avec des pics vertigineux çà et là, tranchaient sur la monotonie de l'ensemble. L'important était l'existence de plusieurs centaines de villes de tours. Les mêmes tours de métal très nombreuses et très serrées comme celle qu'ils connaissaient déjà.

Les rayons neutrinoïdes montraient que l'infrastructure de Dena était composée presque entièrement de galeries reliant les tours entre elles et rejoignaient le centre qui apparaissait comme une immense cavité. Dena était une planète creuse. Il fallait ajouter encore que tous les rassemblements de tours étaient érigés au bord des océans et que dans toutes les galeries grouillaient d'étranges choses.

— C'est très net, dit Eridan devant les holographes-relayeurs. Tout le centre et le sous-sol de Dena sont occupés par le même monstre démesuré qui se nourrit en attirant les ixoïdes — ou autres — de la mer. Il est certain que ces derniers vivent dans une autre dimension en même temps et qu'ils sont parfois légèrement interférents avec notre espace-temps... Interférences, ces sensations de présence, ces flammes vertes en procession ; manifestations marginales à la limite entre les deux systèmes de coordonnées ces sensations de masse pesante... Un effroyable parasite a pris la place des Deniens, dans le site même où ils ont vécu... Mais il y a là, au centre, un énorme vide et une *curieuse figure géométrique*. J'aimerais bien voir de quoi il retourne. J'ai carte blanche de la part des Instances Scientifiques Supérieures de Gremchka.

— Tu veux dire, répliqua Gus de fort mauvaise humeur — mais Gus savait-il être autrement ? — que nous allons revenir sur nos pas ? Aller braver l'araignée géante, aller fourrer notre nez où on ne nous demande pas d'aller le fourrer, au lieu de mettre les voiles, le cap sur Antoria et Gremchka et des parsecs entre cette maudite planète et nous-mêmes ?... Tu trouves que ce n'est pas suffisant ? Nous avons récupéré Mandine et ce n'est pas suffisant !

Mais nul ne faisait attention à ce que disait Gus tandis que l'*Entropie* atterrissait à nouveau près du Pays des Tours où Mandine avait vécu et survécu.

Quelques instants plus tard, ils étaient tous les cinq dans l'un des cylindres de la ville, essayant les forces ascensionnelles.

— Cela suppose une maîtrise parfaite de la dimension *psy*, dit Eridan. De même que les champs nutritifs témoignent d'un très haut niveau de perfectionnement scientifique et technique. L'absence de ces êtres sur cette planète est un mystère. Mais peut-être en aurons-nous la clef ? J'ai mon idée là-dessus.

Parvenus au sommet, ils se tinrent pendant quelques instants sur le rebord métallique très large qu'il comportait et contemplèrent le panorama grandiose, laissant errer leur regard sur les centaines et les centaines de tours métalliques luisant de mille feux, sur la mer grise qui recelait d'étranges êtres et dont le sein était aussi dangereux que l'acide sulfurique concentré.

— Étrange planète Dena..., murmura Eridan. Nous arriverons bien à percer son secret.

Ils redescendirent et se concertèrent.

— Qu'as-tu décidé ? demanda Gus.

— Nous allons suivre le même chemin que précédemment.

Ils firent se dématérialiser le fond du cylindre et descendirent lentement tous les cinq. Mandine était encore effrayée de revoir l'endroit où elle avait failli périr et où avaient trouvé une mort atroce deux êtres charmants qu'elle avait eu le temps d'aimer. Ils suivirent les mêmes galeries et se retrouvèrent sur les lieux mêmes du supplice. Les monstres grouillaient toujours uniformément et formidablement. Les cadavres ensevelis sous les araignées grises étaient toujours à la même place. Des palpes se balançaient, dardant leurs crochets noirs.

— Attention, dit Mandine. J'ai peur... Il ne faut pas commettre d'imprudence...

— N'avez-vous pas conservé sur vous l'œuf de Kolok ?

— Si, mais j'ai un mauvais pressentiment.

— Nous avons les boîtes noires, dit Gus. Et vous allez voir ce qu'on peut faire avec ces engins-là.

Eridan s'avança sur la corniche et braqua les « serpents » chitineux au nombre d'une douzaine qui semblaient d'incroyables sentinelles. Il appuya sur le disrupteur : un éclair bleuâtre jaillit et les palpes semblèrent devenir incandescents. Ils s'effondrèrent sur eux-mêmes en gouttelettes de lumière. Puis le jeune homme désintégra les pauvres restes d'Eeina et Agraam. Cela fit de longues brèches, des évidements monstrueux dans le corps de l'araignée mère. La bête tressaillit de vagues énormes, et d'infâmes cliquetis se firent entendre. Des millions d'yeux à facettes enregistraient cette scène et frémissaient, des millions de pattes se tordaient, des mill1ons de corps velus et soudés réagissaient ensemble.

Eridan continua.

La boîte à énergie balaya l'espace et le monstre devint intensément lumineux sous les terribles décharges quantiques. Les brèches terribles dans son épaisseur laissaient voir un fond métallique.

— Feu à volonté ! commanda Eridan.

Alors Gus, Arièle et Assette le Dramalien, balayèrent le monstre, le désintégrant, le pulvérisant, le dissociant, le « luminisant », l'anihilant totalement. Les parois métalliques des bassins et des galeries résistaient à ces décharges quantiques et neutroniques insensées, à ce rush énergétique, à ce raz de marée ondulatoire.

La boîte noire des cosmonautes de Gremchka était une arme terrifiante et très sélective quant à son objectif.

— Suivez-moi, dit Eridan.

Et ils poursuivirent leur route dans les dédales souterrains de Dena, dans les galeries et les bassins de métal contenant le parasite difforme et les vagues

de désintégration se succédèrent dans une illumina-
tion blanche aveuglante, faisant luire les parois de
milliards de soleils de mort. Ce phénomène ne
dégageait ni vapeur, ni chaleur, ni gaz... C'était une
arme redoutable et « propre ».

Et la désintégration du monstre continua pendant
de nombreux kilomètres. Elle se poursuivit de façon
implacable et froidement calculée. De façon métho-
dique. Ce fut le grand nettoyage des galeries de
Dena.

Au bout d'un certain temps, Eridan interrompit
l'opération.

— Stop ! dit-il. Nous allons revenir à l'*Entropie*,
après cette première attaque, et nous reviendrons
avec la navette. Nous allons faire un petit voyage au
centre. Ce hideux parasite a réquisitionné tout
l'intérieur du globe. Nous utiliserons un procédé de
désintégration en chaîne. A partir du centre. Je suis
curieux de savoir si cette bête d'apocalypse qui
possède des palpes carnivores, n'aurait pas en son
point central quelque chose comme un cerveau
collectif. Enfin, il y a un autre élément que je veux
vérifier : la figure géométrique...

* *

Quelques instants plus tard, ils avaient pris place à
bord de la navette d'exploration des terres habitées,
la Neth, long fusoïde extrêmement perfectionné mû
par l'énergie AAE et capable des plus extraordinaires performances.

Sur le tableau de bord, Eridan repéra d'abord l'infrastructure souterraine.

Puis, survolant Dena à faible altitude, ce fut très facile de situer les lieux qu'ils venaient de quitter. Ensuite la Neth piqua du nez et plongea. Eridan appuya sur un bouton et communiqua au servo-mécanisme les coordonnées exactes de l'endroit où il désirait se rendre cybernétiquement. Et le reste se fit tout seul. Un cratère se creusa sous le flux du « tetatron » et l'appareil forant sa propre galerie s'engagea dans les entrailles de Dena.

En quelques minutes, ils furent à l'endroit précis calculé par les complexes, se stabilisant au-dessus du bassin vide, le dernier qui avait subi la désintégration du monstre, et se mettant lentement à l'horizontale.

— Et maintenant, dit Gus, en route pour le centre de la Terre.

— Exactement, dit Eridan. Allons-y.

Il fit quelques manœuvres et, toujours de façon cybernétique, la navette s'engagea dans le tunnel suivant, désintégrant ce qu'il fallait quand il le fallait, pour se frayer un passage.

Survolant les galeries et les bassins où s'amoncelait le monstre souterrain, le laissant intact cette fois, se réservant de lancer la désintégration en chaîne à partir du point central, ils s'insinuaient dans les conduits artificiels, s'enfonçant de plus en plus à l'intérieur de Dena.

Les sites se succédaient, tous identiques les uns aux autres, à peu de chose près : des bassins grouillants du parasite denien, réunis par des galeries plus étroites dans lesquelles la bête d'apocalypse était anastomosée avec elle-même, des voûtes métalliques, des cirques, des amphithéâtres artificiels... Quelle apparence avaient donc les Deniens pour avoir créé de telles structures intérieures ? N'étaient-ils pas des surfaciens ? Si, puisqu'il y avait des villes faites de tours. Étaient-ils semblables à l'homme ? Ce n'était pas impossible puisque ces derniers pouvaient facilement vivre, à tous les sens du terme, dans les alvéoles... Étaient-ils devenus des hommes souterrains pour qu'ils aient aménagé, creusé, foré tous ces couloirs et évidements dans la matière intérieure du globe ?... Eridan n'était pas sûr de pouvoir bientôt répondre à toutes ces questions. Mais débarrasser Dena du monstre était son objectif n° 1. Même si Dena devait rester toujours une planète abandonnée et une énigme. Visiter le centre de Dena où les rayons delta montraient l'existence d'une immense chambre intérieure avec cette curieuse figure géométrique était son objectif n° 2.

Pour l'instant, ils traversaient des lieux divers avec parfois quelques variations. Parfois, les parois des grandes salles et des galeries, au lieu d'être métalliques, étaient revêtues de couches hiératiques et glacées d'une matière qui pouvait être du diamant, de l'émeraude ou du rubis. Parfois aussi, et c'était plus frappant à mesure qu'ils descendaient vers le centre de Dena, de ces voûtes de pierres précieuses pendaient des stalactites de la même matière. Des stalactites de diamant étincelants, des stalactites de saphir, d'émeraude, de rubis, qui jetaient des étincelles de sang, ou vertes, ou brillantes comme le soleil.

— Quelle merveille ! dit Arièle alors que la

navette circulait de façon agrivitationnelle dans une chambre dont la voûte était faite d'une forêt de stalactites de tourmaline et d'aigue-marine.

— Nous approchons du centre, dit Eridan en consultant ses hiéroglyphes électroniques.

CHAPITRE XXV

Le moment vint où, au terme de leur périple, ils parvinrent effectivement au centre de Dena.

C'était absolument démesuré. Une coupole immense qui semblait un firmament et d'où émanait cette même lumière douce, euphorisante, reposante, s'étendait au-dessus de leurs têtes.

L'endroit où la navette venait d'aboutir et finalement de se poser semblait une grève avec cette différence qu'elle était de métal. Au centre, occupant presque tout l'espace, véritable aboutissant de tous les bassins intermédiaires, une titanesque sphère d'arachnides.

L'évidement central était une hémicoupole avec un fantastique bassin contenant un être gigantesque de milliards et de milliards d'araignées soudées, sorte de central terminal des innombrables prolongements et tentacules que la bête de Dena avait produits dans toutes les directions à travers le globe.

Une hydre géante, monstrueuse, babylonienne, en forme de boule, occupait donc le centre de Dena.

C'était un fort curieux exemple d'envahissement et de mutation dont pouvait être capable une certaine race d'insectes à l'occasion de la disparition de l'homme et d'êtres doués d'intelligence... Un exemple de ce qui pourrait se préparer *ailleurs*, sur Terre ou sur toute autre planète abritant la vie issue des mammifères, si l'homme venait à disparaître.

Eridan et ses compagnons mirent pied à terre. Gus et Assette s'éloignèrent aussitôt, amorçant l'exploration de la « plage ».

Les deux jeunes femmes, Arièle et Mandine, restèrent côte à côte, près de l'engin. Tout était trop monstrueux. C'était un monceau d'horreurs. A la place de la mer qu'on aurait été en droit d'attendre, il y avait ce colosse ignominieux...

Il était probable que, organisée de la sorte, la bête tenait sous sa coupe toutes les races vivant à la surface et dans les profondeurs sous-marines. L'attraction psychique intermittente et sélective qui se produisait, sans doute à tour de rôle pour les espèces surfaciennes, faisait tomber dans le piège les représentants de la vie denienne ainsi gobés et phagocytés par le monstre. Oui, c'était une question de sélection préétablie. Toutes les races devaient être ainsi sélectionnées tour à tour, au moment favorable choisi par l'être collectif tout en tenant compte de la possibilité de repeuplement et de reproduction. Telles étaient les idées maîtresses qui leur venaient à l'esprit en contemplant cette terrifiante et formidable masse grenue et grouillante.

— Fantastique !... Extraordinaire !... Inconcevable !... Révoltant..., grommelait Gus à quelques dizaines de mètres. On doit pouvoir en faire tout le tour. Mais ça nous mènerait à quoi ?

— Ça ne mérite qu'une chose de toute façon, dit Assette. La désintégration en chaîne pure et simple. Débarrassons la planète de cette hydre tentaculaire.

— Je suis d'accord, dit Eridan. Allons-y... Reculez-vous.

Les compagnons d'Eridan firent quelques pas en arrière sur la grande plage métallique, loin derrière la navette. Celle-ci était pointée vers la bête. Eridan y remonta et mit en marche le déclencheur automatique de l'anihilation en chaîne dissimulée dans le museau du fusoïde et utilisant la fraction énergético-dissociante et conversante de la force AAE.

Il descendit de l'engin et vint rejoindre ses amis à une vingtaine de mètres en deçà.

Le mécanisme était un mécanisme propre lui aussi, mais particulièrement grandiose.

Un instant s'écoula sans que rien ne se produise. Puis on entendit un bourdonnement pulsatile qui monta vers l'aigu de façon rapide. Cela se transforma en sifflement puis en ululement suraigu qui faisait mal aux oreilles.

— Attention ! dit Claude.

Tout bruit cessa pendant quelques secondes et le silence suspensif qui suivit fut plein d'une terrible menace. Soudain, une violente détonation fusante retentit et une sphère, aveuglante comme un soleil, se forma au nez de l'appareil... s'en détacha... fluctuante comme si cette formidable énergie tournait sur elle-même, s'approcha, en prenant progressivement de la vitesse, de l'informe magma arachnide.

Elle y pénétra et se fondit dans la masse faisant une trouée. Pendant quelques secondes ils restèrent à contempler le tunnel violemment éclairé de l'intérieur qu'avait créé la boule de feu.

Et tout d'un coup, ce fut comme une explosion titanesque, un éclair aveuglant, d'un blanc éblouissant embrasa tout l'espace ; puis cela fusa dans tous les prolongements, selon toutes les tentacules, désintégrant, anihilant, transformant en photons l'énorme bête, se déplaçant de proche en proche à grande vitesse partout où il y avait des tunnels et des galeries...

Au bout de quelques instants, il ne restait plus de l'ensemble qu'une sorte de spectre lumineux, informe, vaguement vaporeux, qui se tordait, se spasmait, se contractait avec furie... Et tout s'éteignit d'un seul coup.

Il n'y eut plus rien qu'un immense bassin vide, profond, arrondi, cerné par une grève périphérique d'un formidable diamètre, sous une voûte métallique qui se perdait au zénith.

— Voilà qui est fait, dit Claude. Nous avons débarrassé Dena du monstre qui tenait toute forme de vie sous sa coupe. Certainement depuis des millénaires.

— C'est formidable, dit Gus. Ni dégagement de fumée ou de nuages, ni chaleur...

— C'est une réaction très sélective. Nous aurions pu également désintégrer le métal ou la planète. Question de fréquence. Il y a autre chose maintenant. Cet espace interne, ce pays à l'intérieur du globe, communique avec une deuxième poche, plus grande encore, et où se trouve l'étrange figure géométrique qui a attiré mon attention. Nous allons savoir ce que c'est.

Ils rejoignirent la navette et se mirent à la recherche du tunnel métallique qui donnait accès à la deuxième poche centrale.

CHAPITRE XXVI

Après l'avoir trouvé, la navette s'était engouffrée dans le tunnel. Un tunnel imprégné d'une lumière orangée et douce qui semblait réservée au centre de Dena.

Au fond, un jour blanchâtre perlait. La navette se propulsait doucement au-dessus du sol sur son coussin anti-G. Elle glissait, silencieuse, tandis que les cosmonautes de Gremchka se faisaient de plus en plus attentifs. Elle glissait sans bruit, sur le point de pénétrer dans la chambre qui, sur les hologrammes et les graphiques, avait paru la plus grande. Environ le double de celle qu'ils venaient de quitter.

L'orifice de sortie du tunnel augmentait peu à peu, la lumière, d'un blanc très doux, diluait la couleur orangée, se reflétait sur leur visage ; les yeux de Mandine paraissaient plus clairs.

Et bientôt, le fusoïde sortit du tunnel ; il ralentit, et, finalement, s'immobilisa à quelques pieds au-dessus du sol.

Ils restèrent là, l'appareil suspendu dans les airs, éblouis par cette « céruséenne » clarté, par cette lumière neigeuse et cependant infiniment douce. Puis leurs yeux s'habituèrent peu à peu. Ils étaient réellement au point central de Dena, dans le grand évidement, dans le grand espace interne. C'était un second monde.

Eridan regarda autour de lui, un peu éberlué. Il avait repéré cette figure géométrique sur les écrans des relayeurs, mais il ne s'attendait pas à ce qu'ils avaient sous les yeux.

Mandine laissa errer son regard dans toutes les directions et ses grands yeux de lilas clair exprimaient le plus vif étonnement. Gus grognait en regardant autour de lui.

— Qu'est-ce que c'est ? demanda Arièle d'une voix douce. Qu'est-ce que c'est que tout cela ? Quel paysage avons-nous sous les yeux ?...

— Où est donc cette figure géométrique ? demanda Assette.

— Je ne sais pas. Au bout de ce paysage certainement. Nous allons l'explorer. Mais quelle curieuse chose !...

— Que pensez-vous que cela soit ?

— Je n'en sais rien. C'est certainement intéressant au plus haut point en tout cas.

— Intéressant et peut-être dangereux...

— Que faisons-nous Claude ? demanda encore Arièle. Penses-tu que cela soit prudent ou raisonnable de mettre pied à terre ?

— Oui. (Il compulsa les appareils indicateurs et les ultraspectographes de masse.) Il n'y a là rien de nocif. La question n'est pas là. L'air est respirable et le sol et les matériaux qui nous entourent sont biologiquement neutres.

— Où est donc la question ?

Un silence.

— La question est de savoir *ce que c'est...* Ce que ça représente...

Eridan effectua les manœuvres nécessaires et le fusoïde descendit lentement, très lentement et se posa sur le sol extraordinaire du centre de Dena.

Le cockpit automatique glissa sans bruit et les cosmonautes de Gremchka mirent pied à terre, en silence, les uns après les autres, absolument médusés par tout ce qui les entourait.

Mandine vint auprès d'Eridan qui contemplait le fabuleux spectacle. Les autres se rangeaient de chaque côté du jeune commandant de l'*Entropie* et, médusés, ils essayaient de comprendre.

— Est-ce qu'il y a une signification quelconque à cela ? demanda Assette, rompant le silence le premier.

— Tout a une signification, et il n'y a pas d'effet sans cause ; mais quelle est la cause, la raison, la nature de cette chose, c'est un mystère...

— C'est en tout cas grandiose et impressionnant, dit Arièle.

Le spectacle était en effet plutôt difficile à décrire.

Tout baignait dans une lumière blanchâtre, neigeuse, à la fois éblouissante et douce, comme si elle était sécrétée par l'air lui-même ; elle était légèrement vaporeuse et donnait un certain flou.

Le sol qu'ils foulaient était blanc, comme s'il avait neigé, et la plaine qui s'étendait devant eux était semblable à un océan pétrifié de vagues houleuses et immobiles. Un océan en pleine tempête mais gelé, immobilisé, stoppé dans son mouvement dans un inexplicable instantané. Et l'aspect des vagues multiples s'étendant à l'infini était celui du sucre candi.

Le « ciel » était d'un blanc extraordinaire, peut-être un peu plus lumineux que l'air ambiant. On devinait au zénith comme une voûte blanche, et, perdues dans on ne sait quelle brume, les parois lointaines de la gigantesque hémicoupole.

La raison de cette mer pétrifiée ? On se perdait en conjectures. Il était probable d'ailleurs que ce n'était pas, que cela n'avait jamais été une mer et que cet aspect était accidentel ou « coïncidentiel ». La navette s'était posée au creux d'une lame énorme qui ne déferlerait jamais.

Ce n'était pas tout. Çà et là, fort nombreux, se trouvaient d'étranges objets, encore plus obscurs au point de vue raison d'être. Ils étaient faits, ou semblaient faits, de la même matière que la mer, meringue dure ou sucre candi, ou neige plastifiée... C'étaient des tubes, des séries de tubes de différents diamètres, disposés çà et là, sans ordre, sans symétrie. Ensuite, il y avait des cônes, ou des troncs de cônes de section conique différente. Des sphères plus ou moins volumineuses. Des ellipsoïdes, des parallélépipèdes rectangles, des cônes renversés... Tout un étrange et incompréhensible ballet géométrique émergeant des flots hiératiques. Tous ces objets étaient blanchâtres, et il y en avait partout jusque dans le lointain brumeux éblouissant.

— Ça alors ! grogna Gus. Qu'est-ce que c'est que ces trucs-là ? Un jeu de patience pour géant ? Une boîte de géométrie amusante ? Quelle est ton idée, Claude ?

Eridan haussa les épaules.

— Encore une fois je n'en sais rien. Cette... mer, cette mer pétrifiée dans son mouvement, ne comporte que des vagues rondes... Au sommet arrondi, je veux dire. Il n'y a autour de nous aucune sorte de lame déferlant avec de l'écume, ou se brisant... Mais c'est une bien piètre constatation.

Un silence. Gus regarda Eridan comme s'il était frappé par une grave maladie et comme si le pronostic à court terme était de la plus haute gravité.

— Je suppose que tu te comprends, dit-il quand il put parler. Et si tu te comprends, n'est-ce pas l'essentiel ? Tu vois ce que je veux dire ?

Eridan, en proie à des pensées contradictoires, ne répondit pas au désopilant géant terrien.

— A quoi pensez-vous, Claude ? demanda Mandine d'une voix très douce en lui prenant le bras.

— Eh bien, dit-il, simplement à ceci : la première impression que nous avons devant ce relief démonté, c'est celle d'une mer « gelée ». Mais si nous examinons bien les crêtes et les creux, nous pouvons nous rendre compte qu'ils n'ont aucune sorte de systématisation. Je veux dire que si c'était une mer, les vagues se dirigeraient toutes vers le même point, comme des troupes en marche, en rang, vers le même rivage. Or, ici, il y a des groupes de vagues qui semblent se diriger au contraire dans toutes les directions, c'est-à-dire n'importe comment ; dans tous les sens ; parfois même dans des sens opposés...

— J'y suis, dit Gus. Une mer anarchique...

— Mais nous savons très bien que ce n'est pas une mer en réalité, dit Arièle.

— Alors, qu'est-ce que c'est ? grogna encore Gus. Qu'est-ce que ça représente ? Et tous ces machins posés dessus ? Ce sont peut-être les êtres supérieurs de Dena ? Dans ce cas, je me demande ce qu'ils ont de supérieur ?

— Qu'est-ce qu'on fait ?

— On explore ça à pied, dit Eridan. Ça ne doit pas être difficile. En tout cas, les dimensions en sont relativement réduites ; ça n'a pas l'air au-dessus de nos forces.

— Personne pour garder la navette ?

— Elle se garde toute seule. Allons-y.

Et ils se mirent en marche entre les vagues, sur ce matériau blanc et très dur dont elles étaient faites, entre les dômes et les cubes, entre les sphères...

— Tu te rends compte, Claude, si cet océan se mettait en mouvement tout d'un coup ?

— Tu étais d'accord sur le fait que ce n'était pas une mer... Je ne pense pas que cela se mette en mouvement.

Tout en marchant, ils évitaient les reliefs blanchâtres tandis qu'Eridan faisait des mesures sur sa boîte noire absolument polyvalente.

Bientôt, ils furent très loin de la navette, perdus au milieu de cet océan démonté dont les lames devenaient de plus en plus hautes.

— Nous allons nous égarer dans ce labyrinthe de vagues et de creux, estima Assette.

— C'est impossible, dit Eridan. Vous le savez bien.

Ils continuèrent à marcher dans le jour blafard, dans la légère vapeur qui baignait toutes choses.

Bientôt, ils arrivèrent jusqu'à un endroit encore plus curieux, au sein d'une vaste zone « maritime » sur laquelle tombait une *neige immobile.*

— Ça alors ! dit Gus. C'est encore plus extraordinaire que la barbe de Zarathoustra qui était déjà quelque chose de fabuleux en soi ! De la neige immobile !...

— C'est fantastique, dit Arièle, si un degré de plus dans le fantastique peut être atteint.

Effectivement, sur l'océan déchaîné, soulevé, gonflé de lames immenses, « tombait » de la neige, ou tout au moins quelque chose qui ressemblait à des flocons de neige. Il y en avait des myriades, de gros flocons blancs, immobiles, suspendus en l'air lequel paraissait ainsi perlé de taches immaculées.

— Extraordinaire ! De plus en plus extraordinaire !... émit Assette le Dramalien. Décidément, cette planète Dena recèle de bien étranges paysages.

— On ne peut plus avancer, dit Gus.

— Ce n'est pas sûr. Je vais essayer.

Eridan fit quelques pas et atteignit les premiers flocons. Il stoppa. Les examina de près. C'étaient de gros flocons agravitationnels, « piqués » dans les airs comme s'ils avaient été enfilés sur des fils invisibles. Eridan passa la main tout autour de l'un d'eux sans rencontrer la moindre texture, le moindre lien. Ces flocons serrés comme dans une tempête de neige semblaient fait de la même matière que tout le reste du décor.

Claude en toucha un du doigt. C'était très dur.

Plus dur que de l'acier. Il le prit à pleine main et essaya de le faire bouger. Mais il était comme rivé, scellé dans on ne sait quelle dimension.

— Hm..., fit-il. Peut-être faudra-t-il contourner cette étrange chute de neige. C'est solide et ça n'a pas l'air de vouloir bouger.

Il s'avança tout de même comme s'il voulait franchir le rideau mais alors, ô surprise, les flocons s'écartèrent pour lui laisser le passage, se refermant derrière lui.

— Claude ! cria Arièle. Attention... Peut-être ne pourras-tu plus revenir sur tes pas ?...

Claude rebroussa chemin et réapparut. Il recommença l'opération plusieurs fois et cela semblait très facile.

— Je crois que nous pouvons y aller, dit-il. Venez avec moi. On dirait que nous avons un « laissez-passer »...

Prudemment, ils s'engagèrent dans la tempête de neige immobile. Et ces points blancs cotonneux s'écartaient sur leur passage les laissant progresser. Finalement, ils s'habituèrent à cette nouvelle étrangeté et poursuivirent leur route.

Ils marchèrent longtemps au milieu de ce paysage qui devenait étouffant et même sinistre à force de monotonie.

Puis ils finirent par sortir de cette zone floconneuse. Les petites touffes de « coton », les fleurs d'on ne sait quel hiver, se raréfièrent et il n'en resta bientôt plus une seule.

Ils se retrouvèrent au milieu d'énormes lames

blanches au dos rond, toujours baignés de cette vapeur lumineuse.

Ils commençaient à ressentir un sentiment d'oppression et d'angoisse. Le ciel qu'on devinait vaguement voûté dans la brume incandescente, semblait devoir les écraser de sa sublime blancheur.

Cependant, ils n'étaient pas au bout de leur surprise. Là-bas, à l'horizon lointain et légèrement estompé dans une brillance éthérée, une extraordinaire et gigantesque formation leur apparaissait petit à petit.

— Il y a du nouveau là-bas, dit Gus. Regardez donc !

— Ça doit correspondre à la figure géométrique observée sur les écrans. Oui, c'est certainement là cette fameuse figure géométrique du centre de Dena... Allons, encore un effort et nous allons savoir.

Ils continuèrent parmi les moutonnements de meringue et de sucre candi, tout droit vers l'étrange chose verticale et brumeuse qu'ils apercevaient au loin.

Au bout d'un certain laps de temps, cela leur apparut avec plus de netteté. Mais c'était à la fois solennel, majestueux et formidable. Et d'une impressionnante beauté.

— Nous sommes au bout de nos peines, dit Eridan. En tout cas, voilà le point central le plus digne d'intérêt de toute la planète. Beaucoup de solutions doivent être inhérentes à ces lieux.

Là-bas, au milieu de la mer : une île. Une île

perdue au milieu de ces flots non mouvants. Une île blanche extraordinaire.

Et, plus loin vers le centre de l'île, dans cette brume particulière claire et lumineuse qui baignait toutes choses, s'élevait la fantastique formation correspondant à la figure géométrique révélée par les appareils.

C'était une structure gigantesque et démesurée qui s'élançait à l'assaut du firmament. Une structure formidable qui se perdait là-haut dans on ne sait quel brouillard...

Des orgues de cristal !...

ÉPILOGUE

Des orgues de cristal d'une hauteur vertigineuse. Une forêt véritable de tuyaux de tous les calibres, aux reflets transparents et profonds.

Cela brillait, étincelait, jetait mille feux comme du diamant, avec des myriades de reflets profonds et des lueurs merveilleuses... C'était fascinant, on ne pouvait en détacher son regard. Cela les hypnotisait littéralement.

En même temps, une étrange paix, une grande sérénité, une curieuse euphorie les affectaient...

— Ça alors ! dit Gus. C'est extraordinaire !... C'est plus extraordinaire que tout ce que nous avons vu jusqu'ici... Mais qu'est-ce que c'est ? A quoi ça sert ?... Quel est le fabuleux organiste qui joue de cet instrument babylonien ?...

— Aucun organiste, dit Claude, et si tu m'en crois, il s'agit de quelque chose de bien plus fantastique que tout ce que nous pouvons imaginer. Voilà l'Entité qui règne sur Dena...

Ils avancèrent encore et prirent pied sur l'île. Le rivage était blanc et dur comme de l'écume solidifiée.

Ils se retournèrent. La mer démontée les entourait

de toutes parts, menaçante, semblant prête à déferler.

— Allons, dit Claude. Dirigeons-nous vers cet orgue. C'est la dernière étape...

Il ne leur restait plus qu'à avancer, sur ce sol qui montait légèrement puis redevenait rapidement horizontal, vers le milieu de l'île où se dressait ce formidable assemblage de tuyaux de cristal profond.

— Que c'est beau ! murmura Mandine. Je n'ai jamais rien vu d'aussi beau...

Cette gigantesque forêt de tubes cristallins les dominait et les écrasait de sa toute-puissante structure. Comme une cathédrale.

Ils marchaient de leur pas habituel mais tout d'un coup, chose curieuse, ils n'avaient plus l'impression d'avancer.

— Incroyable ! dit Eridan au bout d'un moment. Les propriétés de l'espace-temps ne sont plus les mêmes ici. Nous aurions dû parcourir des dizaines de mètres alors que nous n'avons en réalité avancé que d'un mètre seulement environ. Il y a une distorsion de l'espace.

Les jeunes femmes étaient stupéfaites. Elles marchaient également à grandes enjambées mais faisaient une sorte de surplace, gagnant à peine quelques centimètres à chaque pas.

Cependant, sans se décourager, ils progressaient lentement. Au bout d'un certain temps qu'ils ne furent pas à même d'apprécier, ils se retrouvèrent à quelque cinquante mètres environ du gigantesque édifice miroitant de ses milliards de reflets de feux.

C'était à la fois féerique et écrasant. Écrasant de

mystère et de beauté. C'était une fantastique merveille sidérale que ces tubes élancés comme de purs diamants, étincelants dans toute leur gloire et leur splendeur précieuse. Des lueurs s'allumaient sur leur visage et dansaient dans leurs yeux.

De plus, cette étrange impression de paix intense et d'équilibre qui ne pouvait émaner que de l'orgue de cristal les ravissait.

— Mandine et Arièle, restez là avec Assette, ordonna Eridan. Gus, viens avec moi.

Gustave-Christophe Moreau et Claude Eridan s'avancèrent seuls, semblant marcher dans une glu imaginaire ou comme à travers un téléobjectif puissant avec lequel les distances semblent raccourcies.

Arièle et Mandine les regardaient s'éloigner à grands pas alors qu'ils paraissaient toujours très proches.

Au bout d'un long moment, il sembla à Eridan et à Gus qu'ils étaient parvenus au pied de l'orgue titanesque. Des brillances dansaient devant leurs yeux, des reflets éblouissants, des étincelles, d'étranges éclats... En levant la tête, ils distinguèrent les sommets des tubes les plus hauts, perdus dans les nuées vaporeuses et blanches.

— Quelle richesse inouïe, dit Gus, et sa voix paraissait lointaine, comme déformée.

— On dirait, dit Eridan, que plus nous approchons de cet édifice prodigieux, plus la distance à parcourir est longue. Peut-être ne pourrons-nous jamais l'atteindre ? Je parle de la distance réelle, car elle a l'air de varier comme une fonction exponentielle.

Il s'aperçut alors que Gus le regardait d'un air stupéfait et lui aussi regardait Gus avec un certain ahurissement. Ils constataient maintenant ensemble les mêmes anomalies réciproques. Le front de Gus, le haut de sa tête, étaient augmentés de volume. Il en était de même pour Eridan.

— Nous sommes en train de nous déformer, Claude. Que se passe-t-il?

Et soudain, avant même qu'il eût le temps de répondre, Eridan s'aperçut qu'il venait de refaire mentalement et à une vitesse prodigieuse tous les calculs de Logos, l'ordinateur de l'*Entropie*, concernant la planète Dena, son orbite, sa vitesse de rotation sur elle-même, sa vitesse autour du soleil, sa masse, son volume, sa gravité, à partir des signes mathématiques indirects fournis par les appareils de bord et dont il se souvenait avec une extrême acuité. Il sursauta intérieurement. Devenait-il fou ou suprêmement intelligent? Il fit part de cette constatation à Gus.

— Hm…, dit Gus. Eh bien, figure-toi que c'est pareil pour moi. Je viens de résoudre rien qu'en y pensant le problème des robinets qui remplissent et vident le bassin, et celui des trains qui vont à la rencontre l'un de l'autre. C'est bien la première fois que je comprends ce truc-là…

— Que faisons-nous? demanda Eridan en repassant mentalement la dernière partie du trajet mathématique de l'*Entropie*.

— Au point où nous en sommes, continuons.

— Tu as raison. Je suppose que nos déformations céphaliques disparaîtront quand nous rebrousserons chemin. Nous sommes en train de subir une évolution en raccourci...

Ils regardèrent en arrière. Assette et les deux jeunes femmes leur faisaient de grands signes, les appelaient, mais aucun son ne leur parvenait.

Ils continuèrent. Leur crâne augmentait encore. Leurs corps devenaient plus minces, plus maigres, leur taille diminuait.

— Je n'y comprends rien, grogna Gus. Allons-nous devenir des robots ?

Eridan calculait maintenant les influences des systèmes solaires les plus proches sur le système denien, toujours d'après les données des appareils de l'*Entropie* qui avaient défilé sous ses yeux.

Bientôt, ils eurent l'impression de ne pouvoir avancer davantage. D'avoir atteint un point singulier infranchissable. Qu'ils auraient beau s'exténuer, ils n'avanceraient pas d'un millimètre.

Et ils contemplaient cette écrasante structure, le visage tout enluminé des mille feux que l'orgue de cristal faisait danser sous la lumière blanche.

Et la puissance psychique de cette éblouissante Entité leur faisait comprendre, sans formulation, l'essentiel de sa nature. Par simple proximité.

L'Entité existait depuis des millénaires et des millénaires. Elle était d'une absolue bienveillance et non hostile.

L'évidement central de la planète Dena, les tours, les galeries, les amphithéâtres, étaient un immense complexe d'ordinateurs. Ils étaient, ils se trouvaient à l'intérieur d'un gigantesque cerveau électronique d'une puissance centuplée, inégalée, construit par les

« mains » des Deniens, il y a des siècles, et qui les avait dépassés et pris en charge. La mer pétrifiée était en réalité une *courbe mathématique en relief*, une de ces courbes à trois dimensions, à trois axes de coordonnées, X, Y et Z qui représentent les variations d'un phénomène *dans l'espace.* Cet océan était une courbe mathématique X, Y, Z, qui jadis était sans cesse en mouvement, *variant avec les variables,* variant avec les phénomènes qu'elle représentait, avec les millions et les milliards d'informations qui la modifiaient alors a jet continu...

Les sphères, les cônes, les troncs de cônes, les cubes, les parallélépipèdes rectangles étaient des équations particulières, la neige immobile une famille de points mathématiques dits singuliers.

Ils étaient dans un formidable cerveau électronique vivant, se suffisant à lui-même, se perpétuant, se renouvelant, se réparant, gigantesque instrument des Deniens, qui avaient surpassé leur intelligence même et avaient aussi renversé tous les rôles. Actuellement dans un état stable.

L'« arachnoïde » monstrueux formé de milliards et de milliards d'unités avec ses palpes, sa progéniture, était une créature atome par atome, ADN par ADN, du cerveau électronique pour assurer le cycle de l'azote, du fluor, du phosphore, etc. pour l'équilibre écologique interne, externe et atmosphérique de Dena. Des robots vivants en quelque sorte, doués du pouvoir de reproduction et d'invariance, d'assimilation et de métabolisme...

I e monstre avait été détruit mais l'Entité n'en

tenait aucune rigueur aux Gremchkiens. Il serait immédiatement reconstruit dans les délais utiles.

Quant à l'orgue de cristal, c'était le plus stupéfiant de tous les phénomènes deniens.

Il représentait le point oméga, l'aboutissement ultime de l'évolution de la vie collective temporo-spatiale des êtres supérieurs de Dena. Les Gremchkiens ne sauraient jamais quelle apparence revêtait cette forme de vie denienne, mais cela n'avait pas d'importance. Il leur était suffisant de savoir que c'est par accumulation psychique, par osmose mentale, que les Deniens, intelligences supérieures, avaient sous la forme cristalline trouvé le dernier équilibre, celui de leur système. Tous les êtres vivants, la nature entière, l'univers lui-même dans son ensemble, tendent vers un équilibre stable et définitif qui est celui de l'immobilité contre le mouvement. Les Deniens, tous les Deniens ayant existé depuis le début de leur évolution, les vivants et les morts, s'étaient retrouvés au point oméga dans cette ultime structure qui était celle de l'orgue gigantesque au sein de leur cerveau électronique supérieur. Et le système vivait dans la stabilité, la paix, l'éternité.

Puis certaines idées leur étaient communiquées qu'ils ne comprenaient pas. Des idées effarantes. Concernant la Création de l'Univers, les Univers... Leur cerveau ne fonctionnait pas suffisamment, bien qu'à l'approche de l'entité où l'espace était lui-même intelligent, ils aient subi des déformations évolutives. Des mutations instantanées et réversibles... Les choses qu'ils ne comprenaient pas concernant la

Création tout entière, leur procurait une sorte de douleur psychique.

Ils préférèrent reculer. Partir. Fuir l'orgue de cristal étincelant. Ils rebroussèrent chemin et s'éloignèrent de la formidable lumière. Ils préféraient leur forme de vie à eux. Imparfaite. Non encore arrivée au point oméga. Avec ses obscurités, ses craintes, ses passions, ses incertitudes…, sa science en pleine évolution…

Au fur et à mesure qu'ils s'éloignaient, ils reprenaient progressivement leur aspect normal.

Ils finirent par rejoindre le groupe de leurs amis très angoissés à leur sujet.

— Allons-nous-en, dit Claude. Ç'est un lieu où l'espace lui-même est de l'intelligence pure.

L'*Entropie* fonçait dans l'espace sesqui-dimensionnel.

Le soleil de Dena n'était plus qu'une petite étoile au fond du velours noir. Une petite étoile de deuxième grandeur. Elle scintillait, perdue dans le fourmillement gigantesque des myriades d'astres étincelants au sein infini du grand mystère.

Mandine fit quelques pas dans la salle de pilotage où tout était rassurant, familial, amical presque. Où tout fonctionnait parfaitement, sans bavure, sans faille… Claude admira ses grands cheveux soyeux et son corps harmonieux. Puis il se tourna vers Arièle, si blonde, si belle également. Il regarda Gus et Assette ses amis, bien vivants, bien en chair. Leur évolution était imparfaite, ou plutôt ils n'étaient qu'à mi-chemin où au quart du chemin ou plus loin encore de ce vers quoi tendait toute vie, toute biologie humaine, que ce soit le point oméga ou une structure cristalline ou une collectivité spirituelle.

Et ils en étaient à préférer leur imperfection et à admirer leurs formes d'humains « individuels » qu'ils étaient et l'attraction amicale ou amoureuse qui existait entre les êtres.

Les vivants parvenus au terme de leur évolution étaient-ils parfaitement heureux ? Connaissaient-ils un bonheur immense et sans mélange ?

C'était possible et même certain. Mais, décidément, ils préféraient leurs faiblesses ainsi que l'amour, l'amitié, la chaleur humaine... Ils en étaient là et ils en étaient heureux...

Il était très possible que le point oméga soit le bonheur parfait et culminant. Mais ils ne l'enviaient pas... Et c'est ce qui se lisait dans les grands yeux clairs de Mandine et dans les yeux de velours sombre d'Arièle.

— Je crois que nous pensons tous la même chose, dit Claude en guise de conclusion. Nous avons beaucoup voyagé, dans de nombreux systèmes solaires, dans de nombreuses planètes et rencontré d'extraordinaires, de fantastiques formes de vie... C'est la première fois que nous rencontrons un système biologique parvenu au terme ultime de son évolution...

— Je nous préfère tels que nous sommes, dit Arièle.

— Oh oui ! enchaîna Mandine de sa voix douce et suave. C'est tellement merveilleux..., tellement agréable... Même s'ils connaissent des joies que nous

ne connaissons pas, je préfère les nôtres... Enfin...
les miennes, en tout cas.

— C'est évident, dit Gus. C'est quand même drôle
la vie... Nous sommes appelés à devenir de purs
esprits ou des bouts de cristaux même si ça ne nous
intéresse pas... On ne nous a jamais demandé notre
avis...

— De toute façon, ce n'est pas nous qui serons
concernés. Nous vivrons notre longue vie avec ses
plaisirs et ses douleurs, ses joies et ses souffrances,
ses espoirs et ses luttes... Seuls les enfants des enfants
de nos enfants... Mais ça pourrait continuer longtemps...

— Chaque forme de vie n'aspire qu'au sort qui est
le sien, à l'instant même qui lui est attribué ; c'est
bien évident.

Il y eut un silence.

Eridan changea de sujet.

— Pour terminer, dit-il, je crois qu'il est bon que
vous sachiez que Mandine vient avec nous sur
Gremchka où elle effectuera un stage. Nous allons
tous être en observation pendant quelque temps.
Telles sont les dernières décisions des Instances
Scientifiques Supérieurs d'Aanor.

— C'est la nouvelle la plus merveilleuse de toute
cette aventure ! dit Mandine, des étoiles plein les
yeux.

Elle sourit d'un sourire inégalable de tendresse et
de douceur.

— Enfin, continua Claude, il y a aussi l'œuf de
l'ergrimk que nous avons à étudier. Peut-être va-t-il
donner naissance à un ergrimk ? C'est probable, *mais*

non certain. Il est de toute façon intéressant du point de vue électromagnétique et quantique.

Pendant ce temps, l'*Entropie* continuait sa route à travers les étoiles, les galaxies et les corps célestes qui peuplaient l'Univers, ciron minuscule perdu dans l'Infini.

Claude ne croyait pas si bien dire en ce qui concernait l'œuf de l'ergrimk ; l'œuf de Kolok allait en effet être sur Gremchka d'un intérêt absolument considérable et la source d'extraordinaires événements qui allaient plonger les savants gremchkiens et les Instances Scientifiques Supérieures, le Grège lui-même ainsi qu'Eridan et ses compagnons dans d'étranges et fantastiques problèmes, apportant ainsi à cette affaire de formidables rebondissements...

Avec l'œuf de Kolok quelque chose d'ineffable se préparait, qu'ils étaient à cent lieues de soupçonner... Quelque chose qui allait même les laisser dans la plus grande perplexité en ce qui concernait la *personnalité exacte* de Kolok (1)...

Mais ceci est une autre histoire...

(1) Voir *L'œuf d'anti-matière* (à paraître).

DÉJA PARUS DANS LA MÊME COLLECTION

VIENT DE PARAITRE

Jan de Fast   *La planète des Normes*

A PARAITRE

Jean Mazarin   *Le général des galaxies*

ACHEVÉ D'IMPRIMER LE
20 OCTOBRE 1976 SUR LES
PRESSES DE L'IMPRIMERIE
BUSSIÈRE, SAINT-AMAND (CHER)

— N° d'impression : 1543 —
Dépôt légal : 1er trimestre 1977.

Imprimé en France